廣嶋玲子 作
東京モノノケ 絵

もののけ屋

二丁目の卵《たまご》屋にご用心

もくじ

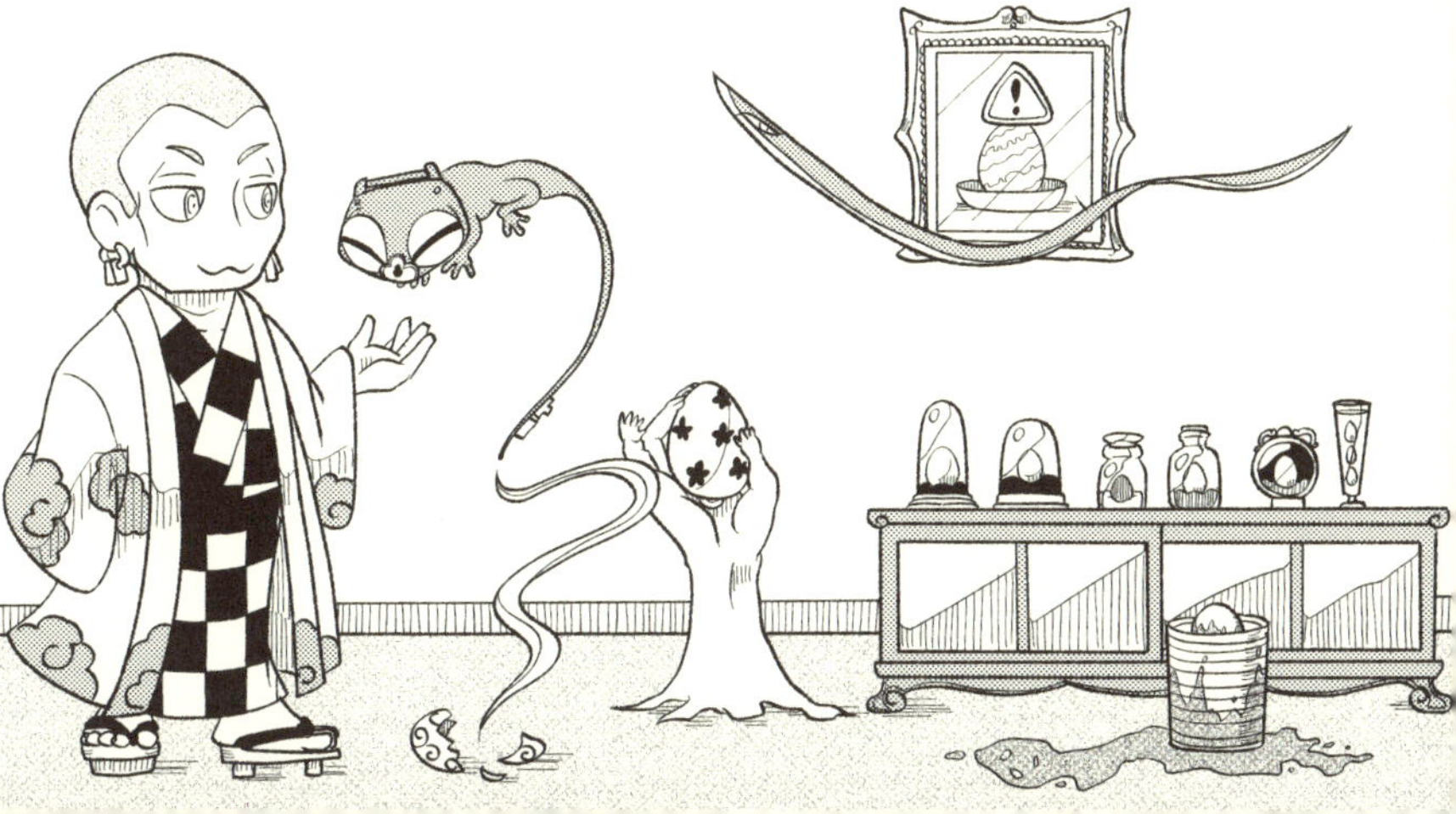

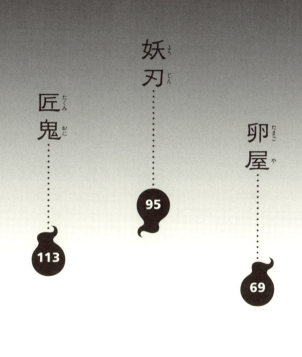

もののけ屋　二丁目の卵屋にご用心

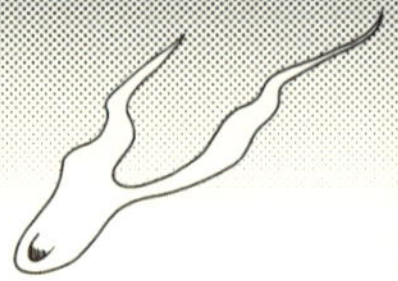

ねえねえ、知ってる？

なんかさ、最近《さいきん》、変《へん》な男が出るんだって。ど派手《はで》な着物を着てて、すごくごついくせに、優《やさ》しい声でしゃべる男らしいよ。ぼうず頭で、指にはマニキュアしてる時もあるって。ね、相当変でしょ？

でさ、子供《こども》が一人で悩《なや》んでいると、そいつがどこからともなく現《あらわ》れて、声をかけてくるんだって。

もののけを貸《か》してあげましょうかって。

もののけって、妖怪《ようかい》やお化けのことらしいよ。それを貸してくれるなんて、怖《こわ》いよねぇ。絶対《ぜったい》、ろくなもんじゃないよねぇ。

でもさ……。

それで悩《なや》みが消えるなら、借《か》りてみてもいいかなって、ちょっと思ったりしない？

影法師
<small>かげぼうし</small>

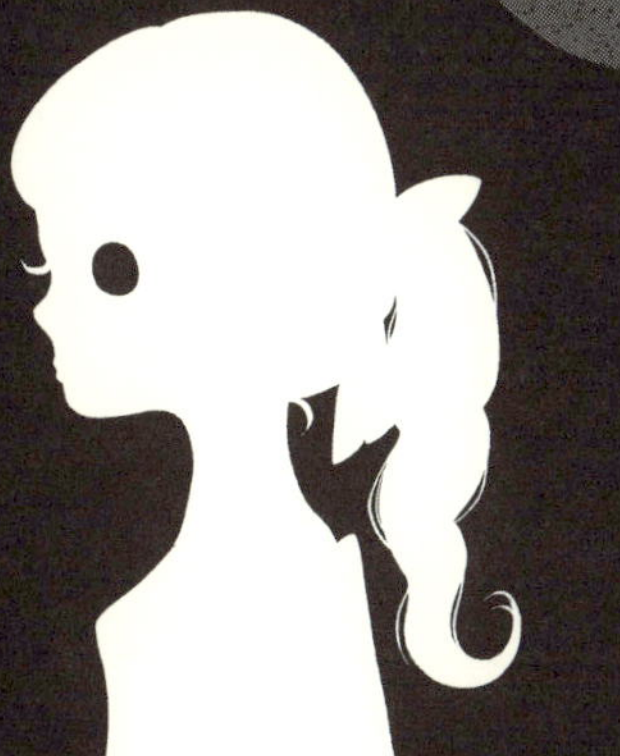

ああ、莉奈《りな》みたいになりたいな。

今日も、巴《ともえ》はため息をついた。

莉奈は巴のクラスメートで、五年三組で一番かわいい子だ。色白で、外国人みたいにきれいな目鼻立ちで、服のセンスもいいし、ちょっとしたしぐさなんかも、すごくかわいい。しかも家はお金持ち。まさに、絵に描《か》いたようなおじょうさまだ。

一方の巴は、どちらかというと、ぱっとしない。そのことは自分でもわかっていた。だから余計《よけい》に莉奈に憧《あこが》れた。

あんなふうになれたら、毎日すっごく楽しいだろうなぁ。

少しでも莉奈のようになりたいと、巴は莉奈のことを観察《かんさつ》して、服とかしぐさを真《ま》似《ね》するようになった。でも、どうしてもいい感じにならない。莉奈がきれいなガラス細工《ざいく》だとしたら、巴はできそこないの泥人形《どろにんぎょう》みたいだ。

それでもがんばっていたけれど、ある日、なんだかすごくむなしくなった。

やっぱり、あたしには無理なのかな。

落ちこんで、家への帰り道をとぼとぼと歩いていた時だ。ふいに声をかけられた。

「そんなに別《べつ》の人間になりたいの？」

知らない男の声に、巴《ともえ》はびくりとして顔をあげた。

ちょうど公園にさしかかっていた。そこのブランコに、大きな男が座《すわ》っていた。すごく変わった格好《かっこう》をした男だ。頭をつるりと剃《そ》っていて、耳には金のイヤリング。赤と白のチェック柄《がら》の着物の上に、いろいろな柄がびっしりと入った派手《はで》な羽織《はおり》を着ている。

男はまばたきもしないで、じっと巴を見ていた。と、にこりと笑《わら》ったのだ。

「願《ねが》いを叶《かな》えたいのなら、こちらにいらっしゃいな」

これ以上ないほど怪《あや》しい男だ。絶対《ぜったい》に近づかないほうがいい。

そうわかっているのに、巴はなぜか男に向かって歩き出し、とうとう、すぐ目の前にまできてしまった。

自分で自分にびっくりしている巴に、男はまた笑った。

「んふふ。どうやら本気でお望《のぞ》みのようねぇ。あなたがなりたい相手って、そんなにすてきな子なの？」

もちろんと、巴《ともえ》は勢《いきお》いよくうなずいた。

「莉《り》奈《な》はクラスで一番かわいいんだから！」

「ふうん。そうなの。見た目がいい子が、心もすてきってわけじゃないと思うけど……まあ、いいわ。あなたが望むなら、あたしのもののけを貸《か》してあげる」

「もののけ？」

首をかしげる巴に、男はゆっくりとささやいた。

「あたしはもののけ屋なのよ。そうね。不《ふ》思《し》議《ぎ》な力を貸しだすレンタル屋、とでも思ってちょうだいな。で、あなたの願いにうってつけのもののけがいるんだけど、どうかしら？」

「ど、どうって言われても……それを借《か》りたら、どうなるんですか？」

「あなたの望みが叶《かな》うのよ。憧《あこが》れの人になりたいという望みがね」

ということは、莉奈《りな》みたいになれるってこと？

巴《ともえ》はかっと胸《むね》が熱《あつ》くなった。

なりたい。そうなれたらいいと、ずっと思ってきた。この人の言葉が本当かどうかわからないけど、試《ため》してみたい。これまでだって、いろいろなことを試してきたんだから。

巴はまっすぐもののけ屋を見返した。

「もののけ、貸《か》してください！」

「いいわよ。だけど、一つだけ注意させて。このもののけが写し取れるのは、一人の人間だけ。途中《とちゅう》で、他の人になりたい、なんて思わないこと。約束《やくそく》できる？」

「できます！」

だって、巴が憧《あこが》れているのは莉奈なのだから。他の子に興味《きょうみ》なんて、まったくない。

「いいわ。それじゃ、契約《けいやく》の握手《あくしゅ》ね」

もののけ屋は手を差《さ》し出してきた。すごく大きくてごつい手だったが、指の爪《つめ》にはきれいなマニキュアがぬってあって、なんだかおしゃれだ。

派手《はで》なものが好《す》きなのかなぁと思いながら、巴《ともえ》はもののけ屋の手を握《にぎ》った。

その瞬間《しゅんかん》、風がやんで、まわりがしんと静《しず》まり返った。さっと日が雲に隠《かく》れ、薄暗《うすぐら》くなる。そんな中、ざわりと、もののけ屋の羽織《はおり》がうごめいたように見えた。

よく見ると、羽織の柄《がら》や模様《もよう》は全部、不思議《ふしぎ》な生き物の姿《すがた》をしていた。見たこともない奇妙《きみょう》な、ちょっと怖《こわ》いような生き物たち。

もっとよく見ようとした時、手に痛《いた》みが走った。はっとして、巴は手を引っこめた。

「な、な、なにしたんですか！」

「なにって、影法師《かげぼうし》ちゃんを渡《わた》したのよ。手のひらを見てごらんなさいな。まだ見えると思うから」

巴は急いで手のひらを見た。そこには、うっすらと絵が浮《う》き上がっていた。黒いしみのようなもので、でも二つの目玉がついている。

あっという間に、それは薄れて、見えなくなってしまった。

「いまの……」

「そうよ。これで影法師《かげぼうし》ちゃんはあなたの中に入った。あとは、んふふふ、影法師ちゃんが全部うまくやってくれるわよ。それじゃ、楽しんでね」

もののけ屋はブランコからおりて、すたすたと、どこかへ歩き去ってしまった。

巴《ともえ》はしばらく茫然《ぼうぜん》としていたが、やっと我《われ》に返った。

なんだろう。なんだか変《へん》な夢《ゆめ》でも見ていた気がする。

肩《かた》をすくめ、家に帰ることにした。

翌日《よくじつ》、学校に行った巴は、さっそく莉奈《りな》の姿《すがた》を探《さが》した。いた。男の子たちと楽しそうにしゃべっている。今日は髪《かみ》の毛を一つに結《むす》んでいて、桃色《ももいろ》のセーターにクリーム色のスカートがよく似合《にあ》っている。

ああ、やっぱり莉奈っていいなぁ。ああなりたいなぁ。

心の底《そこ》からそう思った時だ。

「承知《しょうち》」

不思議《ふしぎ》な声が響《ひび》くなり、おかしなことが起《お》こった。巴《ともえ》はまったく動いていないのに、足元の影《かげ》がにゅっと伸《の》びたのだ。

影はそのまますするすると伸びていき、莉奈《りな》のところまで到着《とうちゃく》した。そして、莉奈の影をくいっと、引っ張《ぱ》ったのだ。莉奈の影が小さくちぎれ、巴の影に飲みこまれた。

目を丸くしている巴のもとへ、影はなにもなかったかのように戻《もど》ってきた。

(な、なに、いまの？　なんだったの？)

恐《おそ》る恐る、手をあげてみた。影は、巴とまったく同じ動きをした。これはいつもどおりの影だ。でも、さっきのは……。

気になって、巴はさりげなく莉奈に近づいた。莉奈の影はちゃんとあった。どこにも欠《か》けた部分はない。

(おかしいなぁ。あたしの影が、莉奈の影を食べたように見えたんだけど)

首をかしげていると、いきなり「莉奈」と声をかけられた。ふりむくと、莉奈の親友のさつきがいた。

巴《ともえ》はちょっとむっとした。

さつきったら、あたしが莉《り》奈《な》に憧《あこが》れてるって知ってて、わざとからかってきたんだ。なんて意地が悪いんだろう。

でも、振《ふ》り向いた巴を見て、さつきはあれっと声をあげたのだ。

「あれ？　……巴？」

「そうだけど」

「うわ、びっくり。なんか、莉奈っぽく見えたもんだから……」

「あたしが莉奈に見えた？」

「うーん。変《へん》だよね。巴と莉奈じゃ全然《ぜんぜん》似《に》てないもんね。でも……おかしいなぁ。なんか、さっきはそう見えたんだもの。……とにかく、間違《まちが》ってごめんね」

さつきは謝《あやま》ってから、莉奈のほうへと駆《か》けていった。

「変なの……」

だが、変《へん》なことはそのあとも続《つづ》いた。次から次へと、巴《ともえ》を「莉奈《りな》」と間違《まちが》える子が出てきたのだ。先生まで、「あれ、立花《たちばな》さんだったの？　和泉《いずみ》さんだと思ったわぁ」なんて言う始末《しまつ》。

なにかおかしなことが起きている。

巴は休み時間、トイレに走って、鏡《かがみ》をのぞきこんだ。はっとした。そこに莉奈が映《うつ》っていたからだ。

でも、よく見れば、確《たし》かに自分の顔でもある。なんだか、自分と莉奈、二つの顔が重なっているような感じだ。

影法師《かげぼうし》だと、巴は思った。

影法師の力で、莉奈に似《に》てきているに違《ちが》いない。ちょっと変な感じだけれど、巴は嬉《うれ》しくなった。

いまのあたしは、莉奈っぽいってことだ。つまり、莉奈みたいにかわいくて、センスがいいってことだ。なんてすてきな気分なんだろう。

にこにこしながら、巴《ともえ》は教室に戻《もど》っていった。

それから一か月ほど経《た》った。巴は日に日に莉奈《りな》に似《に》てきていた。いままでは、まったく同じ雰囲気《ふんいき》、同じしぐさなので、まるで双子《ふたご》のようだ。

おかげで、男の子たちは「最近《さいきん》の巴って、なんかいいよな」と、けっこうちやほやしてくれる。これまで友達《ともだち》ではなかった女の子たちも、仲良《なかよ》くしようと近づいてきた。

もちろん、莉奈はおもしろくなさそうな顔をしていた。

「あの子、あたしの真似《まね》ばっかしてるのよ。なんか気分悪い」

親友のさつきにそう言っていたという。

そう。莉奈になりたいという巴の願いは、完璧《かんぺき》に叶《かな》ったのだ。

だから、誰《だれ》よりも幸せだろうって？

いいや、とんでもない。

むしろ、その逆《ぎゃく》だった。不思議《ふしぎ》なもので、自分が似れば似るほど、莉奈に魅力《みりょく》を感じなくなってしまったのだ。

考えてみれば、莉《り》奈《な》なんか、ちょっとかわいいだけの普通《ふつう》の小学生ではないか。どうせなら、もっとすてきな人間になりたいと思えばよかった。アイドルとか、モデルとか、もっともっと輝《かがや》いている人はいくらでもいるのに。

「あ~あ、失敗《しっぱい》しちゃったなぁ。損《そん》したなぁ。……いまからでも、別《べつ》の人になれないかな？」

土曜日、巴《ともえ》は隣町《となりまち》の大きな本屋さんに行って、アイドルや女優《じょゆう》の写真がたくさんのっている雑誌《ざっし》を、山ほど買いこんだ。これを見て、「こっちの人になりたい！」と強く願《ねが》えば、影法師《かげぼうし》が叶《かな》えてくれるかもしれない。そう思ったのだ。

そうして本屋さんを出ようとした時だ。いきなり、腕《うで》をつかまれた。

見ると、怖《こわ》い顔をした店員のおにいさんがいた。

「な、なんですか？」

「悪いけど、このままお店の外には出せないよ。まだお会計がすんでない物があるよ

房
白木
図書カード

ね。奥《おく》の事務所《じむしょ》に来てもらえるかな？」

有無《うむ》を言わさず、おにいさんは巴《ともえ》を店の奥の事務所へと連《つ》れていった。巴はもうびっくりして、怖《こわ》くて、声も出せなかった。

小さな椅子《いす》に座《すわ》らされ、バッグの中を全部見せるように言われた。

巴はやっとわかった。

（この人、あたしが万引きしたと思ってるんだ）

理由がわかったとたん、安心した。だって、そんなバカなことは絶対《ぜったい》にしていないのだから。勘違《かんちが》いだとわかれば、家に帰してくれるだろう。

巴は言われたとおり、バッグをひっくり返した。そして、ぎょっとした。見たこともないマンガが三冊《さつ》、出てきたのだ。

口をぱくぱくさせている巴に、おにいさんはさらに厳《きび》しい顔をした。

「やっぱり。いま、店長に来てもらうから。ちょっとここで待ってて」

「う、うそ……こんな、ち、違う、んです……」

本当にわけがわからなかった。

なぜこんなものが、あたしのバッグから出てくるの？

と、今度は太り気味のおじさんがやってきた。巴《ともえ》を一目見るなり、おじさんはあきれたような声をあげた。

「また君か！」

「えっ？」

「君、この前、約束《やくそく》したよね？　もう二度とやりません。ここにも絶対《ぜったい》来ませんって。その約束を信《しん》じたから、学校にも親にも知らせなかったのに。またうちの店のものを盗《ぬす》むなんて、もう見逃《みのが》せないよ。今日という今日は、名前とおうちの人の連絡先《れんらくさき》を言ってもらうからね」

「ちょ、ちょっと待ってください！　あたし、盗んでなんかいません！　こ、こんなの、知りません！」

知らないうちに勝手にバッグの中に入っていたんだと、巴は必死《ひっし》にうったえた。でも、お店の人たちはまるで信《しん》じてくれなかった。それどころか、バカにしたように笑ったのだ。

「まだしらを切るなんて、強情《ごうじょう》だね。白木《しらき》君。あれ、見せてやってよ」

「はい、店長」

おにいさんは事務所《じむしょ》の中にあったモニターをいじって、巴《ともえ》に画面を見せた。そこには、店内の映像《えいぞう》が映《うつ》っていた。

「これはうちの防犯《ぼうはん》ビデオだよ。白木君、十分前に巻《ま》き戻《もど》して」

映像がみるみる巻き戻されていき、やがて巴が画面に映った。手に雑誌《ざっし》を持って、カウンターに行こうとしている。そうして歩きながら、ひょひょいと、通りすがりの棚《たな》から本を数冊《さつ》、自分のバッグに放りこんだではないか。

巴は目が点になった。

こんなこと、した覚《おぼ》えはない。なのに、なんで？　どうしてこんな映像があるの？

「どうだい？　これでも違《ちが》うって言うのかい？」

「そんな……でも……ち、違《ちが》う」

「はあ。まったく。白木君、先週のやつも見せてやってよ」

今度は別《べつ》の映像《えいぞう》が流れ始めた。そこには、莉奈《りな》が映《うつ》っていた。きょろきょろとまわりを見回してから、戸棚《とだな》の本をリュックサックに入れている。

巴《ともえ》はあんぐり口を開けてしまった。

盗《ぬす》んでいる？　莉奈が万引き？　お金持ちの莉奈が、どうして？

声も出ない巴に、店長さんは勝ち誇《ほこ》ったように言った。

「どうだい？　これも君だろ？」

「ち、違います。これは莉奈。あたしじゃない」

「なに？　君たち、双子《ふたご》なの？」

「……赤の他人だけど、ちょっと似《に》てて……」

「ああもう！　いい加減《かげん》にしてくれるかな！」

店長さんが大声を出したものだから、巴は飛《と》び上がってしまった。

「おじさん、我慢《がまん》も限界《げんかい》だよ。時間稼《かせ》ぎしたって無駄《むだ》なんだから。さっさと親の連絡《れんらく》先《さき》を教えなさい。さもなきゃ警察《けいさつ》を呼《よ》ぶからね」

「け、警察！」

「君はどろぼうなんだから。警察を呼ぶのは当たり前だろう？」

違《ちが》うと、巴《ともえ》は絶叫《ぜっきょう》した。

「違う！　やったのは莉奈《りな》！　あたしじゃない！　あたしは莉奈じゃない！　莉奈じゃないの！」

でも、泣《な》いてもわめいても、信《しん》じてはもらえなかった。二つの証拠《しょうこ》映像《えいぞう》に映《うつ》っていた巴と莉奈。二人は、どこから見ても同じ人物に見えたからだ……。

その夜、人気《ひとけ》のない公園のブランコに、もののけ屋の姿《すがた》があった。楽しそうにブランコをこいでいる。

と、するすると、黒い影《かげ》が這《は》い寄《よ》ってきた。

「あらまあ、お帰り、影法師《かげぼうし》ちゃん」

にこにこしながら、もののけ屋は影に手を差《さ》し伸《の》べた。

「意外と早いお帰りだったわね。……ふうん。あの子、捕《つか》まっちゃったの。で、影法師ちゃんなんかいなければよかったって言うから、戻《もど》ってきたと。やれやれ、自分が望《のぞ》んでおいて、勝手なものねぇ」

肩《かた》をすくめながら、もののけ屋は影を自分の羽織《はおり》の中に戻した。

「影法師ちゃんって、宿《やど》り主《ぬし》を満足《まんぞく》させてあげたいって、すごくがんばるのよね。だから、途中《とちゅう》でもっと別《べつ》の人間になりたいなんて思われると、パニックを起こしちゃう。もっとがんばれば満足してもらえるかしらって、最終的《さいしゅうてき》には最初《さいしょ》の相手の性格《せいかく》や癖《くせ》まで写し取ってしまう。あの女の子も、まさか憧《あこが》れの子に万引き癖があるなんて、思いもしなかったんでしょうけど。……でも、考えてみれば、すごく怖《こわ》いことよねぇ。赤の他人になってしまうってことだもの。あたしなんか、ぞっとしちゃうわ」

そんなことをつぶやきながら、もののけ屋はすうっと公園を立ち去った。

隠し蓑
かくしみの

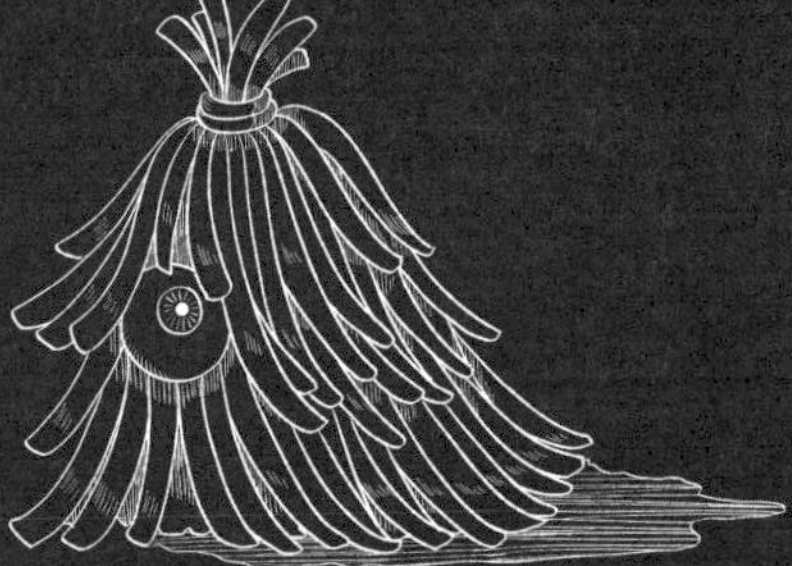

放課後《ほうかご》の誰《だれ》もいない教室で、翔《しょう》はふてくされていた。目の前には、漢字のドリルとノート。これから、このドリルにのっている漢字を、十回ずつノートに書いていかなくてはならない。今日の漢字のテストで、零点《れい》をとってしまったせいだ。

書かなくてはならない漢字は、二十個《こ》。さっさとやって終わらせれば早いのだが、翔はやりたくなくて、ぐずぐずしていた。

四年生にもなって居残《いのこ》りなんて、恥《は》ずかしいったらありゃしない。先生も先生だ。居残りさせるんじゃなくて、宿題として出してくれればよかったのに。

「あ～あ！　もう、やってらんね！」

思わず椅子《いす》にのけぞって、勢《いきお》いよく足をふりあげた。その拍子《ひょうし》に、うわばきが脱《ぬ》げてしまった。

うわばきはまるでボールのように後ろに飛《と》んでいき、ロッカーの上へと着地した。運の悪いことに、ちょうどそこには、図工の時間にみんなが作った粘土《ねんど》の動物たちが置《お》いてあったのだ。

がしゃがしゃっと、大きな音とともに、動物たちが倒《たお》れた。

「うわ、うそだろ！」

翔《しょう》は慌《あわ》ててロッカーに駆《か》け寄《よ》った。

嬉《うれ》しいことに、壊《こわ》れたのは、たった一つだけで、あとは全部無事《ぶじ》だった。だが、その一つが大問題だった。美空《みそら》が作ったものだったからだ。

美空は、手先が器用《きよう》な女の子だ。いつも図工の時間は人よりもむずかしいものを作ったり、描《か》いたりする。今回も、足が細くて角が長い鹿《しか》を、上手に作って、先生にほめられていた。

その鹿の、角と足が、ぼっきり折《お》れてしまっていた。ひどい有様に、翔は青くなった。これは直せない。少なくとも、絶対《ぜったい》に自分では無理《むり》だ。

「やべぇ。超《ちょう》やべぇよ」

がくがくと、膝《ひざ》が震《ふる》えだした。誰《だれ》にも見られなかったけれど、今日、翔が最後《さいご》に教室を出るというのは、みんなが知っている。今日、居残《いのこ》りをさせられたのは、翔だけだからだ。

このことがみんなに知られたら、責《せ》められるだろう。先生に怒《おこ》られて、美空《みそら》にも泣《な》かれるだろう。

いやだ。怒られたくないし、泣かれたくもない。俺《おれ》のせいだって、知られたくない。ああ、どうしよう。どうしたらいいんだ。なかったことにできたら。ああ、この失敗《しっぱい》を隠《かく》せたらいいのに。

泣きそうになりながら、そう思った時だ。

「それなら、隠しちゃえばいいんじゃない？」

柔《やわ》らかな声が降《ふ》ってきた。

いつのまにか、翔《しょう》の真後ろに男が立っていた。背《せ》が高く、ぼうず頭で、派手《はで》な着物を着ている。耳には金のイヤリングが光り、指の爪《つめ》にはきれいにマニキュアがぬってある。

やばい。どう見ても先生には見えないし、誰《だれ》かのお父さんやお兄さんってわけでもなさそうだ。なんでこんな男が学校に、しかも自分の教室にいるんだ？

目をまん丸にしている翔《しょう》に、男は笑《わら》いかけてきた。

「どうも。あたしはもののけ屋というのよ。びっくりさせちゃって、ごめんなさいね。あなたの恐怖《きょうふ》の匂《にお》いを嗅《か》ぎつけて、うちの子が騒《さわ》いだものだから、来ちゃったの。だいたいの事情《じじょう》もわかったわ」

そう言って、もののけ屋は壊《こわ》れた粘土《ねんど》の鹿《しか》をちらりと見た。

「これは……確《たし》かに大失敗《だいしっぱい》だわねぇ」

「だ、誰《だれ》にも言わないで。お願《ねが》い！」

「言わないわ、もちろん。それどころか、このピンチを助けてあげてもいいわ」

「ほんと？　な、直せるの、これ？」

いいえと、もののけ屋は首をふった。

「あいにくと、あたしは不器用《ぶきよう》なのよ。でも、隠《かく》し蓑《みの》ちゃんなら、この失敗を隠せる。隠し蓑ちゃんを貸《か》してあげましょうか？」

なんだそれと、翔《しょう》は首をかしげた。

隠《かく》し蓑《みの》？　天狗《てんぐ》の隠れ蓑っていうのなら知っている。かぶると、姿《すがた》が見えなくなるという、不思議《ふしぎ》なアイテムだ。それと同じものだろうか？

「それって、隠れ蓑ってこと？」

「いいえ、隠し蓑ちゃんは隠し蓑ちゃんよ。そういう名前のもののけなのよ」

「もののけって……お化け？」

「まあ、そんなところ。気味が悪いと思うなら、断《ことわ》ってもいいわよ。ただし、このピンチを救《すく》えるのは、誓《ちか》って隠し蓑ちゃんだけよ」

「…………」

翔は悩《なや》んだ。もののけを借《か》りるなんて、ちょっと信《しん》じられないし、気味が悪い。でも、粘土《ねんど》作品を壊《こわ》してしまったことをみんなに知られるのは、絶対《ぜったい》にいやだ。

ようやく心を決め、翔はもののけ屋に言った。

「隠し蓑、貸《か》してください」

「はい、了解《りょうかい》。それじゃ、握手《あくしゅ》をしましょう」

もののけ屋の大きな手を、翔《しょう》は恐《おそ》る恐るつかんだ。

その瞬間《しゅんかん》、もののけ屋のまわりが一気に暗くなったような気がした。羽織《はおり》が風もないのにゆらめき、そのたくさんの柄《がら》が躍《おど》りだしたような、そんな錯覚《さっかく》を覚《おぼ》えた。

(あれ？　この柄って、生き物の姿《すがた》なのか？)

だが、目をこらそうとしたところで、手のひらがかっと熱《あつ》くなった。

「あちっ！」

慌《あわ》ててもののけ屋から飛《と》び離《はな》れ、手のひらを見た。

変《へん》なシールのようなものがはりついていた。もじゃもじゃとした、茶色の毛玉みたいなもので、赤い目が一つだけついている。

それはみるみるうちに薄《うす》れて、消えてしまった。

「な、なんだよ、これ……」

「いまのが隠《かく》し蓑《みの》ちゃんよ。これであなたに力を貸《か》してくれるようになったから。なんにでも使えるけど、人には使わないようにね」

じゃあねと言って、もののけ屋は教室から出ていった。

一人残され、翔《しょう》はまた心細くなった。

なんだよ、結局、なにもしてくれないいんじゃないか。

でも、あとを追いかける気分にはなれず、翔はもう一度、壊《こわ》れた粘土《ねんど》の鹿《しか》を見つめた。

ああ、隠《かく》してしまいたい。

そう思ったとたん、手のひらが軽くうずいた。続いて、「心得《こころえ》た」と、低《ひく》い声が聞こえたのだ。

もしかして、隠《かく》し蓑《みの》とやらの声かと、翔は慌《あわ》てて手のひらを見たが、なにもない。

粘土の鹿も、あいかわらず壊れたままだ。

「……なんだよ、もう」

だんだん腹《はら》が立ってきた。

あのもののけ屋という男に、からかわれたんだ。考えてみれば、お化けなんかいるわけない。ちょっとでも信《しん》じてしまうなんて、なんてバカだったんだろう。

かっかしながら、翔《しょう》は漢字の書き取りを始めた。こうなったら、一分でも早くこの教室から出なくては。


翌朝《よくあさ》、翔はすごくいやな気分で学校に向かった。

ああ、行きたくないなぁ。行って、粘土《ねんど》のことがばれたら、みんなになんて言われるだろう。もしかしたら、もうとっくにばれて、大騒《おおさわ》ぎになっているかも。ああ、やだなぁ。

教室に近づくにつれて、胸《むね》のどきどきが激《はげ》しくなっていった。

いやいや教室に入ってみると、ロッカーの前に数人の女の子たちがいた。その中には美空《みそら》もいて、みんなでがやがやと話している。

翔は絶望《ぜつぼう》した。美空の鹿《しか》が壊《こわ》れているのが、見つかってしまったのだろう。もうだめだ。すぐに、翔のしわざだと、突《つ》き止められるに違《ちが》いない。

目をつぶった時だ。女の子たちの声が聞こえてきた。

「やっぱ、えみちゃんのウサギが一番かわいくない？」

「え、そうかな？　私《わたし》は、このわんちゃんがいいと思うけど」

「ああ、さとちゃんの作ったやつね。うん。あたしもいいと思うな」

「かわいいもんね」

「それにしても、美空《みそら》、どうして粘土《ねんど》作んなかったの？　こういうの、得意《とくい》なのに」

「うーん。それがねぇ……自分でもよくわかんないの。なんでか……うーん。わかんないんだよね」

およよと、翔《しょう》はびっくりして目を開けた。

作らなかった？　美空が粘土を？

このままではわけがわからないので、翔は恐《おそ》る恐るロッカーのほうに近づいてみることにした。と、美空が気づいて、声をかけてきた。

「あ、長坂《ながさか》君！　おはよう」

生命
わすれもの
?
KANB

「よ、よう」

翔《しょう》はあいさつを返しながら、ロッカーの上を見た。ロッカーの上にずらりと並《なら》べられた粘土《ねんど》の動物たち。だが、その中に、美空《みそら》の鹿《しか》はなかった。昨日《きのう》は確《たし》かにあったのに。折《お》れた角や足も、どこにも見当たらない。

茫然《ぼうぜん》としている翔に、今度は夏子《なつこ》が尋《たず》ねてきた。

「長坂君《ながさか》、どうかした？」

「う、ううん。別《べつ》になんでもないって。……なっちゃんが作ったのは、どれだっけ？」

「あたしの？　あそこにあるよ。あの小鳥があたしのやつ」

「へえ。そ、それじゃ、美空のは？」

「それがねえ、美空は作らなかったんだって。どれを作ったらいいか、迷《まよ》ってるうちに時間切れになっちゃったみたいよ」

ちょっといじわるげに言う夏子に、美空は言い返した。

「作らなかったんじゃないってば。作ったはずなんだけど、えっと、なんかわかんなくて……やっぱり作らなかったのかなぁ」

首をかしげる美空《みそら》に、翔《しょう》は内心、どきどきしていた。

覚《おぼ》えていない。美空は、自分が鹿《しか》を作ったことを覚えていないんだ。美空のまわりの子たちも、誰《だれ》も鹿のことを覚えていない。最初《さいしょ》から存在《そんざい》しなかったものとなってしまっている。

なるほどと、翔は心の中でうなずいた。

（そっか。あの鹿のことは、全部隠《かく》し蓑《みの》が消してくれたわけだ。記憶《きおく》も作品もなくなっちゃえば、俺《おれ》が美空の鹿を壊《こわ》したってこともわからないものな。隠し蓑ってやつが、うまいこと、俺の失敗《しっぱい》を隠してくれたってことか。……これって、すごいかも！）

その日から、翔はなにかというと隠し蓑の力を借《か》りるようになった。

やり方はとても簡単《かんたん》だった。ただ「～を隠したい」と、強く願《ねが》えばよかった。

隠し蓑はなんでも隠してくれた。テストの悪い点も、翔が食べたくない給食《きゅうしょく》のおかずも、体操着《たいそうぎ》の汚《よご》れも。

忘《わす》れものをしたことさえ隠《かく》してもらえるので、翔《しょう》は有頂天《うちょうてん》になった。

隠《かく》し蓑《みの》の力があれば、どんなことをしでかしたって、怒《おこ》られたり責《せ》められたりしないですむ。

そのことに気づいた翔は、どんどんエスカレートしていった。

「ちゃんとそうじやってよ」と、うるさく言ってきた女の子には、バケツの水をぶちまけた。

なんとなく気に入らないやつのふでばこには、カメムシの死骸《しがい》を放りこんだ。

隣《となり》のクラスの男の子の腕時計《うでどけい》も、踏《ふ》みつけて壊《こわ》してやった。新しい腕時計を見せびらかしていたのが、むかついたからだ。

だが、そんなひどいことをしても、誰《だれ》も翔のせいとは思わない。なにしろ、ひどい目にあったという記憶《きおく》すら消えてしまうのだ。

やりたい放題できるということに、翔は王さまにでもなった気分がした。

「もう最高《さいこう》！」

いたずらやいやがらせをしまくる毎日に、翔《しょう》はすっかり浮《う》かれていた。

そんなある日のこと。体育の授業《じゅぎょう》でサッカーをやることになった。

「よっしゃ！　いっぱいゴールを決めてやる！」

じつをいうと、翔はいままでは、思いっきりボールをけったりできなかった。ミスをするのが怖《こわ》かったからだ。でも、いまは違《ちが》う。隠《かく》し蓑《みの》がいれば、怖いものなしだ。

サッカーが始まると、翔は自信《じしん》まんまんでボールを追いかけていき、シュートしようとした。

ところが、足がすべった。そのまま、見事にひっくり返り、ずてーんと、背中《せなか》から地面に落ちてしまったのだ。

一瞬《いっしゅん》、運動場が静《しず》まりかえった。そして、どはっと、笑《わら》い声がはじけた。

みんなが笑っていた。先生もだ。

無様《ぶざま》な自分の姿《すがた》を見られたことに、翔は耳まで真っ赤になった。恥《は》ずかしさで死にそうな気分だ。

4の1
長坂
カッ

恥《は》ずかしい！　どこかに隠《かく》れたい！　いっそ消えてしまいたい！

頭の中が真っ白になり、翔《しょう》は思わず願《ねが》ってしまった。

(俺《おれ》、隠れたい！)

「心得《こころえ》た」

いつもの声がした。

そして……。

「あれ？」

運動場でサッカーをやっていた子供《こども》たちは、いっせいに首をかしげた。

「なんかさ、いま、誰《だれ》かが転ばなかったっけ？」

「あたしもそんな気がしたけど……でも、いないよね、そんな子」

「だよな。だって……うん。いまざっと数えたけど、ちゃんとうちのクラスの子、全員そろってる」

「気のせいだよ気のせい。そら、さっさと試合《しあい》の続《つづ》きしようぜ」

子供《こども》たちは、なにもなかったかのように、サッカーを始めた。

もう誰《だれ》も、翔《しょう》という男の子がいたことを、覚《おぼ》えていなかった。

こうして、翔《しょう》は消えてしまったのだ。


真っ暗な夜道を、小さなものが移動《いどう》していた。みの虫によく似《に》ていたが、ぴょんぴょんと、跳《は》ねるようにして前に進んでいく。

やがて、小さな路地へと入った。そこには、もののけ屋が微笑《ほほえ》みながら待っていた。

「お帰り、隠《かく》し蓑《みの》ちゃん。あらま、ずいぶん毛づやが良《よ》くなったじゃないの。隠しごとをたっぷり食べられたってわけね。……そうなの。それじゃ、あの男の子も。……やれやれ、隠し蓑ちゃんがなにかを〝隠す〟んじゃなくて、〝隠しごと〟そのものを食べるもののけだって、教えてあげるべきだったかしら」

肩《かた》をすくめながら、もののけ屋は隠し蓑を自分の羽織《はおり》に戻《もど》した。

「失敗《しっぱい》なんて、素直《すなお》に謝《あやま》っちゃうのが一番なのにねぇ。隠そうとするほうが、かえって大変《たいへん》なんだけど。でもまあ、そういう子供《こども》がいてくれなくちゃね。でないと、隠《かく》し蓑《みの》ちゃんが活躍《かつやく》できないもの。さてと。次はどんな子供に出会えるかしらねぇ」

暗闇《くらやみ》の中に隠れるように、もののけ屋は歩き去った。

遊児《ゆうこ》ふたたび

彩香《あやか》はものすごく怒《おこ》っていた。友達《ともだち》の安奈《あんな》が、今日は別《べつ》の子と遊ぶと言ったからだ。

（ひどいよ。今日は一緒《いっしょ》に図書館に行って、そのあとは、うちでホットケーキを作る約束《やくそく》してたくせに。裏切《うらぎ》るなんて、ひどすぎる）

ショックだったし、腹《はら》が立ってしかたなかった。親友だと思っていたのに。六年生になって、ようやくできた真の友だと思っていたのに。

もともと、彩香はとても心がせまい。自分の友達が他の子と仲良《なかよ》くするのが、許《ゆる》せないのだ。

あたしだけと遊んで。他の子と仲良くしないで。

そうやって怒るものだから、最初《さいしょ》は仲のよかった子も、だんだんと彩香から離《はな》れていってしまう。

「彩香って、なんか重い」

「そういうのって好《す》きじゃない」

そうはっきり言われたこともある。でも、自分が悪いなんて、彩香はこれっぽっちも思わなかった。

友達《ともだち》を大事にして、なにが悪いの？　大事なものは、自分だけのものにしたい。そう思うのが普通《ふつう》でしょ？　ああ、どこかにいないかな。本当の友達になってくれる子。たった一人でいいから、あたしだけの友達がほしい。ほしいほしいほしいほしい！

心の中でわめきちらした時だ。ふと、あることを思い出した。

前に、いとこのお姉ちゃんが言っていたっけ。本当に強くなにかを願《ねが》うと、不思議《ふしぎ》な男が現《あらわ》れるって。その男はどんな願いも叶《かな》えてくれるんだって。名前は確《たし》か……、

「もののけ屋……」

「あら、お呼《よ》びかしら？」

「ひっ！」

振《ふ》り向くと、奇妙《きみょう》な身なりの男がいた。頭はつるっと剃《そ》ってあって、派手《はで》な着物と羽織《はおり》を着ていて。顔は男らしいのに、なんとなく雰囲気《ふんいき》は柔《やわ》らかく、ふっくらと微笑《ほほえ》んでいる。

「……も、もののけ屋?」

「はーい。そのとおり。あなたの悩《なや》みを解決《かいけつ》するもののけ屋でございます。ご用をなんなりとお申し付《つ》けくださいませ」

ふざけた調子で、もののけ屋はおじぎをしてきた。

「………」

「あら、どうかした?」

「……ほ、ほんとにいると、お、思わなかったから」

「んふふ。うそだと思っていたの? でも、このとおり本物よ。あなたの望《のぞ》みも、ちゃんと叶《かな》えてあげられる。ずばり、お友達《ともだち》がほしいんでしょ?」

言いあてられて、彩香《あやか》は目を丸くした。

「ど、どうしてわかったの?」

「んふふ。遊児《ゆうこ》ちゃんが教えてくれたから。友達がほしくてしかたない子がいるって、あたしに教えてくれたのよ」

し。


「遊児《ゆうこ》ちゃん？」

「そう。あたしが持っている百鬼夜行《ひゃっきやぎょう》の一人。そして、あなたの未来《みらい》の大親友」

でも、見回してみても、誰《だれ》もいない。彩香《あやか》はちょっと怖《こわ》くなった。

この人、ちょっとおかしいんじゃないの？　考えてみれば、見た目もすごく怪《あや》しい

あとずさりをする彩香に、ずいっと、もののけ屋が身を乗り出してきた。大きな目がやたらと光っていた。

「さて、どうするの？　あなたがほしいなら、友達《ともだち》を貸《か》してあげる。あなたが望《のぞ》むとおりの、あなただけの友達になってくれる子よ。絶対《ぜったい》にあなたを裏切《うらぎ》らないし、あなたがいやがることもやらない」

「…………」

「それにね、遊児ちゃんはとてもかわいい子なのよ。友達にしたら、他の子たちがうらやましがるのは間違《まちが》いないわ」

彩香《あやか》の頭に、これまでに友達《ともだち》だった女の子たちの顔が浮《う》かんだ。あの子たちに「いいなぁ」って思わせることができたら、最高《さいこう》の復讐《ふくしゅう》になる。

ごくっと、彩香はつばをのみこんだ。

「……ほんとに、そんな子がいるの？」

「ええ」

「……絶対《ぜったい》にあたしを裏切《うらぎ》らない？」

「もちろん。あなたと友達になることは、遊児《ゆうこ》ちゃんの望《のぞ》みでもあるから。ああ、別《べつ》にいらないならいいのよ。あたしたちは失礼《しつれい》するだけだから」

もののけ屋が立ち去るそぶりを見せたので、彩香はあわてた。

「わかった！　貸《か》して！　貸してください！」

にっこりと、もののけ屋が笑《わら》った。

そのあと、彩香はもののけ屋と握手《あくしゅ》をして、手のひらにシールみたいなものをはりつけられた。女の子のシールだった。髪《かみ》は長く、かわいいドレスを着ている。

シールはすぐに消えてしまったけれど、彩香《あやか》はなんだか気分がよくなった。なんだろう。誰《だれ》かがそばにいて、よりそってくれているような気がする。

もののけ屋がうなずいた。

「はい。これで貸《か》し出しは完了《かんりょう》よ。遊児《ゆうこ》ちゃんは、あなたのまことの友になるでしょう。いっぱい遊んで、なんでも話し合うといいわ。でもね、遊児ちゃんはさびしがり屋な子でもあるの。絶対《ぜったい》に裏切《うらぎ》ってはだめよ」

「もちろんです！　あたしが友達《ともだち》を裏切るわけないもん！」

「さあ、それはどうかしらねぇ。ま、とにかく気をつけて」

奇妙《きみょう》な警告《けいこく》を最後《さいご》に、もののけ屋は姿《すがた》を消した。

一人残《のこ》された彩香は、戸惑《とまど》った。

これからどうすればいいわけ？　あたしの理想の友達って、いつ来てくれるの？

「ふふ。もう来てるわ」

そよ風のように軽やかな声がした。

振《ふ》り向くと、女の子がいた。まるで人形のようにかわいい女の子だった。彩香《あやか》と同い年くらいだろう。色白で、目はぱっちりと大きく、サクランボのような唇《くちびる》をしている。髪《かみ》は長くて、きれいなストレートだ。ワイン色のワンピースも、頭に付《つ》けた白いカチューシャも、とてもよく似合《にあ》っている。

びっくりしている彩香に、女の子はにっこりした。

「私はゆうこ。友達《ともだち》になってくれる？」

「あ……えっと……う、うん。いいけど……ゆうこってことは、もののけ屋の……？」

「ふふふ」

ゆうこは笑《わら》って答えなかった。そして、その笑顔《えがお》を見ているうちに、彩香もそんなことはどうでもよくなってしまった。こんなかわいい子が、自分の友達になってくれるというのだ。ちょっと怪《あや》しいところがあったって、気にしない気にしない。

彩香は勢《いきお》いこんで言った。

YUUKO
ITABI

「なにして遊ぶ？　うち来る？」

「呼《よ》んでくれるの？　わあ、嬉《うれ》しいなぁ」

その日一日、彩香《あやか》はゆうこと楽しく過《す》ごした。

まず一緒《いっしょ》にホットケーキを焼《や》いて、二人できゃあきゃあ言いながら、それをおいしくたいらげた。そのあとは、彩香の部屋でパズルをしながら、たくさんしゃべって、笑《わら》いあった。

ゆうこは本当にいい子で、なにをやっても彩香とぴったり息があった。夕方になるころには、もうずっと前から友達《ともだち》のような気がしていた。

と、ゆうこが立ち上がった。

「ごめんね。もうこんな時間だから、そろそろ帰らないと」

「あ、うん……また会えるよね？」

「もちろん。ふふ。明日、楽しみにしてて。きっとびっくりするから」

謎《なぞ》めいた言葉を残《のこ》して、ゆうこは帰っていった。

そして、その翌日《よくじつ》のこと。

朝の教室で、彩香《あやか》はぼんやりとしていた。頭の中は、ゆうこのことでいっぱいだった。

次はいつ会えるだろう。明日楽しみにしててと言っていたから、たぶん今日会えるんだろうけど。ああ、早く会いたいな。ゆうこと一緒《いっしょ》にいたいな。

と、安奈《あんな》がおずおずと近づいてきて、「昨日《きのう》は約束破《やくそくやぶ》ってごめんね」と謝《あやま》ってきた。

彩香は冷《つめ》たい目で安奈を見た。ゆうこに比《くら》べると、安奈なんか全然《ぜんぜん》たいしたことない。あたしの友達《ともだち》としてふさわしくない子だ。

だから、「別《べつ》にいいよ」と、そっけなく答えて、そのあとはもう相手にしなかった。

と、先生が教室に入ってきて、ホームルームが始まった。先生が言った。

「おはようございます。ええっと、突然《とつぜん》だけど、今日から新しい仲間《なかま》がこのクラスに加《くわ》わります。黒神《くろかみ》ゆうこさんです」

教室に、女の子が入ってきた。白いカチューシャをつけた、長い黒髪《くろかみ》の女の子。

彩香《あやか》は飛《と》び上がらんばかりに喜《よろこ》んだ。

ゆうこだ。うちの学校の、しかも同じクラスになるなんて。

目を輝《かがや》かせている彩香に、ゆうこはにこっと笑顔《えがお》を向けてきた。

「それじゃみなさん。黒神《くろかみ》さんと仲良《なかよ》くやってくださいね」

休み時間になると、子供《こども》たちはいっせいにゆうこに駆《か》け寄《よ》った。転校生はいつだって注目の的《まと》。それに、こんなにかわいい子とあっては、みんな大興奮《だいこうふん》だ。

「かわいい！　目がおっきぃ！」

「ねえ、ハーフなの？」

「前はどんなとこにいたの？」

「今日の給食《きゅうしょく》、うちらと食べない？」

「ちょっと！　ずるいよ！」

騒《さわ》いでいるクラスメートたちから、ゆうこはすっと離《はな》れた。そして、彩香のところにやってきたのだ。

彩香《あやか》はわざと余裕《よゆう》な感じで話しかけた。

「ゆうこったら、いじわるなんだから。同じクラスになるって知ってたなら、そう言ってくれればよかったのに」

「ふふ。ごめんね。びっくりさせたかったから」

笑《わら》いあう二人に、クラスメートたちはあっけにとられた顔をした。

「なに……？　二人って、知り合いなの？」

「うん。あたしたち、友達《ともだち》なの。ね、ゆうこ？」

「そう。大親友。私《わたし》、彩香と同じ学校に通いたくて、転校してきたんだもの」

その日から、彩香の横には必《かなら》ずゆうこがいるようになった。他の子たちはゆうこと仲良《なかよ》くしたがったが、ゆうこは決してなびかなかった。「友達ならもういるから」と、彩香のそばを離《はな》れない。

彩香は嬉《うれ》しくてたまらなかった。やっとやっと、自分の気持ちがわかってくれる友達が手に入った。それに、みんなのうらやましそうな顔を見ると、胸《むね》がすっとした。

なんて最高《さいこう》なんだろう。毎日が楽しくて、本当に天国にいるような心地だった。

そんなある日のこと、またクラスに転校生がやってきた。

今度は男の子だった。太田川剛《おおたがわごう》。浅黒《あさぐろ》くて、背《せ》が高くて、目がきりっとしたハンサムだ。しかも、有名なサッカー選手《せんしゅ》、太田川巧《たくみ》の息子だというではないか。

これを聞いて、女子はもちろん、男子も目を輝《かがや》かせた。まさか、うちのクラスにこんなすごい子がやってくるなんて。

剛はたちまちみんなに囲《かこ》まれ、大人気となった。

もちろん、彩香《あやか》もお近づきになろうとした。剛はかなりかっこいいし、仲良《なかよ》くなれれば、家にお呼《よ》ばれされるかもしれない。そうしたら、父親の太田川巧にも会えるかも。考えただけでわくわくする。

ところが、ゆうこだけは剛になんの興味《きょうみ》も持たなかった。それどころか、剛の気を引こうとする彩香に文句《もんく》を言ったのだ。

「彩香。どうして太田川君なんかに構《かま》うの？」

「だって、あの太田川選手の息子だよ？　有名人と知り合いになれる機会《きかい》なんて、めったにないもの。絶対仲良《ぜったいなかよ》くしといたほうがいいでしょ」

「……そんなの、関係《かんけい》ないんじゃない？　太田川君のお父さんが有名なだけで、別《べつ》に太田川君がすごいってわけじゃないんだから」

「クールねぇ、ゆうこは。でも、あたしは太田川君と仲良くしたいの。彼《かれ》、けっこうタイプだし。彼女《かのじょ》になれたら、ふふ、もう最高《さいこう》！」

さっと、ゆうこは青ざめた。

「……なにそれ。彩香《あやか》は私《わたし》より太田川君のほうがいいってこと？」

「そういう意味じゃないってば。もちろん、ゆうこは大好《だいす》き。大事な、一番の親友だよ。ただ、太田川君もいいなって思ってるだけ。ね、二人で太田川君と仲良くしようよ」

「いや。私には彩香がいればいいんだもの。太田川君なんかいらない。……ねえ、お願《ねが》いだから、他の子と仲良くしないで。私だけの彩香でいてよ。そういう約束《やくそく》、した

でしょ？」

彩香《あやか》はだんだんいらいらしてきた。こうしている間にも、他の女の子が太田川君にすりよっているのに。このままじゃ先をこされちゃう。

「やめてよ、もう！　あたし、ゆうこのものじゃないんだからね！　いちいちあたしのこと、縛《しば》らないでよ。迷惑《めいわく》だし、なんか重いよ、それ」

ゆうこは泣《な》きそうな顔をしたが、彩香は気にしなかった。それより、太田川君を追いかけなくちゃ。

もう教室には彩香とゆうこしかいなくなっていた。彩香は急いで教室を出ようとした。ところが、足が動かなかった。床《ゆか》に縫《ぬ》いとめられてしまったかのように、足の裏《うら》がひっついてしまっている。

「な、なにこれ！　ゆうこ、ちょっと助けて！」

でも、ゆうこは動かなかった。ただ悲しそうな顔で、じっと彩香を見つめてきたのだ。

「変《か》わっちゃったのね、彩香《あやか》。変わってほしくなかったのに。ずっとこのまま、二人で楽しく遊びたかったのに」

「ちょっと、ゆうこ……」

「……でも、大丈夫《だいじょうぶ》。私《わたし》の気持ちは変わらないから。あなたはやっぱり、私だけの彩香なのよ。約束《やくそく》はちゃんと守ってね」

ゆうこの長い髪《かみ》がざばぁっと横に広がった。

長い髪の女の子が、細い路地裏《うら》を歩いていた。小さな人形を抱《だ》きしめながら、てくてくと前に進んでいく。その先にいたのは、派手《はで》な着物を着た男だった。

女の子はちょっと笑《わら》った。

「ただいま、もののけ屋さん」

「お帰り、ゆうこちゃん。いえ、遊児《ゆうこ》ちゃんと言うべきね。どうだった？　楽しい時間を過《す》ごせたかしら？」

「ええ。とても。ほら、見て。私《わたし》の新しいお友達《ともだち》よ」

そう言って、遊児《ゆうこ》は持っていた人形を見せた。もののけ屋は苦笑《くしょう》した。

「やっぱりこうなったのね。裏切《うらぎ》らないでって、言っておいたのに。……ちょっと残《ざん》念《ねん》だったわね、遊児ちゃん」

「平気よ。もう、彩香《あやか》は私だけのものなんだもの。ずっとずっと一緒《いっしょ》にいるの。ねえ、彩香」

そう言って、遊児は人形をぎゅっと抱《だ》きしめたのだ。彩香そっくりの人形を……。

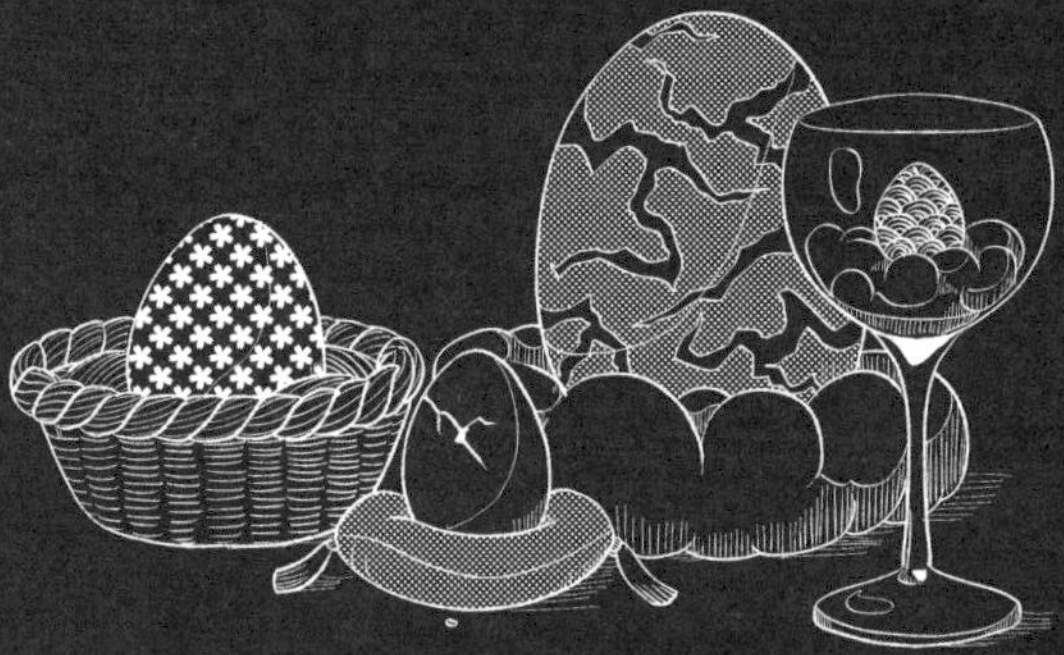

卵屋
たまごや

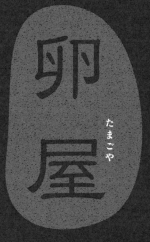

とある土曜日の午後のこと。お母さんが庄司《しょうじ》に言ってきた。

「庄司～。ちょっとおつかい頼《たの》んでもいい？」

「いいけど、なに？」

「三丁目の卵屋《たまご》さんで、卵買ってきてほしいの。今日は特売日《とくばいび》だったはずだから。二パックお願い！」

了解《りょうかい》と、庄司は引き受けた。いまは三時で、夕暮《ゆうぐ》れにはまだまだ時間があったからだ。

外に出てみると、太陽はまだ空の高いところにあった。明るいということに、庄司はまずほっとした。庄司はすごく怖《こわ》がりで、暗いところが苦手だったからだ。

でも、それには理由があった。

暗いところや人気《ひとけ》のないところをのぞきこむと、なにか変《へん》なものが見えるのだ。おかしな形をしたものや、なにやらぞっとするような気配がするもの。それが怖くてたまらない。

だから、庄司は暗いところには近づかないようにしていた。夕方が近づくと、家に飛《と》んで帰って、一人では絶対《ぜったい》に出歩かない。

だが、少し前のこと、庄司《しょうじ》は一人の男と出会ってしまったのだ。

その男からは暗闇《くらやみ》の匂《にお》いがした。庄司が怖《こわ》いと思うものを、いっぱい連《つ》れているかのような気配もだ。

なにがなんだかわからないまま、庄司は男から不思議《ふしぎ》な力を渡《わた》され、そのおかげで学校に巣《す》くっていた悪いものをやっつけることができた。そして、そうなることが、その男の目的《もくてき》だったらしい。「また手伝《てつだ》ってね」なんて言ってきた。

だが、庄司としては二度と会いたくなかった。あの男からは、闇を引き寄《よ》せるような感じもした。つまり、一緒《いっしょ》にいればいるほど、奇妙《きみょう》な恐《おそ》ろしいことに巻《ま》きこまれるに違《ちが》いない。そんなの、絶対にごめんだ。

だから、お小遣《こづか》いをはたいて、大量《たいりょう》の御守《おまも》りを買いこみ、いつも持ち歩くようにした。まあ、今日はまだ明るいし、これなら怖いものは出てこないだろう。念《ねん》のため、ジャンパーのポケットに御守《おまも》りを五、六個《こ》、詰《つ》めこんでから、庄司《しょうじ》は三丁目に向かって歩き出した。

そうして、最初《さいしょ》の角を曲がったところで、ぎょっとなった。そこに、庄司がいま一番会いたくない相手がいたからだ。

その男は、あいかわらず奇妙《きみょう》な格好《かっこう》をしていた。ものすごく派手《はで》な羽織《はおり》をまとい、赤と白のチェック柄《がら》の着物姿《すがた》だ。耳元では大きなイヤリングが光り、爪《つめ》にはきれいにマニキュアがぬってある。

もののけ屋は庄司ににっこり笑《わら》いかけてきた。

「ひさしぶりねぇ、庄司君」

「さ、さよなら！」

逃《に》げようとする庄司のえりに、もののけ屋は小指の先をひっかけた。たったそれだけで、庄司は動けなくなった。文字どおり、指一本で捕《つか》まってしまったというわけだ。

「まあ、ちょっとお待ちなさいって。どこ行くの？」

「お、おつかい頼《たの》まれてて。た、た、卵《たま》屋に」

あらぁっと、もののけ屋は嬉《うれ》しそうに声を上げた。

「偶然《ぐうぜん》ねえ。あたしも卵屋に用があるのよ。せっかくだから一緒《いっしょ》に行きましょ」

いやだぁと、心の中で叫《さけ》ぶ庄司《しょうじ》をつれて、るんるんと、もののけ屋は歩き出した。

庄司はなんとか逃《に》げようとしたが、どうしても体が言うことをきかない。もののけ屋に操《あやつ》られ、勝手に足が前に進んでいく感じだ。

助けを求《もと》めて、道行く人たちを必死で見つめた。声は出せないけれど、自分の泣《な》きださんばかりの顔を見れば、変《へん》だって思ってくれるはず。隣《となり》にいるもののけ屋を怪《あや》しいと思ってくれるはずだ。

ところが、それもだめだった。

道にはけっこう人が出ていたが、誰《だれ》も庄司たちのほうを見ようとしない。もののけ屋の奇妙《きみょう》な姿《すがた》に、ぎょっとする様子もない。

見えてないいんだと、庄司は気づいた。思わず隣のもののけ屋を見上げると、もののの

お肉
惣菜
フレッシュデリ

け屋はにやりとした。

「そうよ。いまのあたしたちは、他の人からちょっと見にくくなってるの。だから、いい加減《かげん》、あきらめなさいな」

「う、ううっ……」

「そんなべそをかくようなことじゃないでしょう？　傷《きず》つくわねぇ。あたしは庄司《しょうじ》君に会えて、すっごく嬉《うれ》しいのに」

「ぼ、ぼくはちっとも嬉しく、な、ないです」

「うわ、ますます傷つくわぁ」

ぼやくもののけ屋。

庄司は一か八か、試《ため》してみることにした。ポケットから御守《おまも》りを取り出し、思い切ってもののけ屋の体に押《お》し付《つ》けたのだ。

頼《たの》むから、これで退散《たいさん》して！

でも、もののけ屋はちょっと目を見張《みは》り、それからはじけるように笑《わら》い出したのだ。

「あらやだ。あたしは怨霊《おんりょう》のたぐいじゃないんだから。そんな御守《おまも》りなんて効《き》きゃしないわよ。おほほほ！」

庄司《しょうじ》はがっくりとうなだれた。

効果《こうか》が全然《ぜんぜん》ないなんて、そんなのってないよ。お小遣《こづか》いをはたいて買ったのに。

もうこうなったら、覚悟《かくご》を決めるしかないようだ。ああ、でもやだなぁ。怖《こわ》いなぁ。

これからなにが起こるんだろう？

と、もののけ屋が道の角をまがった。庄司はおやっと思った。

「も、もののけ屋さん」

「なぁに？」

「道、違《ちが》ってると思います。ここ、二丁目でしょ？　卵《たまご》屋は三丁目だよ」

「そうね。三丁目にもあるわよね。でも、あたしが用があるのは、二丁目の卵屋なの」

にやっと笑《わら》って、もののけ屋は歩き続《つづ》けた。

二丁目は、さびれた感じのする横丁だ。隣《となり》の三丁目が、にぎやかな商店街《しょうてんがい》なのとは大違《おおちが》い。数件《すうけん》、スナックや居酒屋《いざかや》があるだけで、それらも昼間は閉《し》まっている。通りには人の姿《すがた》はおろか、猫《ねこ》一匹《ぴき》見られない。

そんな寂《さび》しいところを、もののけ屋はどんどん歩いていき、やがて汚《きたな》らしい小さなビルの前で立ち止まった。もとはお店などが入っていたのだろうが、いまはビル丸ごと空き部屋になっているらしい。それなのに、もののけ屋は「さあ、ついたわ」と言ったのだ。

「こ、ここが目的地《もくてきち》？」

「そうよ。さ、行きましょ」

外階段《そとかいだん》を使って、もののけ屋はビルの三階へと上がった。そこにはドアが一つだけあった。青い塗装《とそう》がはげて、もうぼろぼろ。汚らしくて、ドアノブに触《さわ》るのもいやになるくらいだ。

そのドアを、もののけ屋はさっと開いた。

庄司は目をまん丸にしてしまった。ゴキブリやネズミがうようよいるような部屋だと思いきや、ドアの向こうにあったのは、すごくファンシーな部屋だったのだ。

壁《かべ》や天井《てんじょう》は白とピンクに塗《ぬ》ってあり、あちこちきれいなレースや花などが飾《かざ》られている。甘《あま》いバラの香りもほんのりと漂《ただよ》っていて、まるでウェディングドレスでも売っていそうな雰囲気《ふんいき》だ。

でも、壁にとりつけられたたくさんの棚《たな》や、机《つくえ》の上に置《お》かれているのは、卵《たまご》だった。どんぐりくらいの小さな卵もあれば、庄司《しょうじ》の頭よりも大きな卵もあった。色は、白や茶はおろか、赤、青、紫《むらさき》、緑、はては黒と金の縞模様《しまもよう》だの、灰色《はいいろ》とピンクの水玉模様だの、それこそなんでもある。

卵たちは本当に大事そうに置かれていた。小さな座布団《ざぶとん》にのせられていたり、藁《わら》やはりがねで出来た巣《す》の中に置かれていたり。瓶《びん》や大きな水槽《すいそう》の中に入れられているものもあった。

ここは食べる卵を売ってる店じゃない！

庄司が茫然《ぼうぜん》としている間に、もののけ屋は奥《おく》のカウンターへと進んだ。そこには「たまたま玉三郎《たまさぶろう》の卵屋《たまご》へようこそ。ご用の方は、たまちゃんとお呼《よ》びください」と、張《は》り紙がしてあった。

「たまちゃ～ん！　来たわよ～！」

もののけ屋が大声で呼《よ》んでから三秒後、カウンターの向こうにあった小さな扉《とびら》から、大きな顔がぬっと出てきた。

だるま！

庄司《しょうじ》はまず思った。

本当にだるまそっくりの顔だった。ぎょろぎょろとした大きな目玉に、ごつい口元、大きな鼻。これにくらべれば、もののけ屋がかわいらしく見えるほどだ。

だるま親父《おやじ》は頭だけ出したまま、ぎょろっと、もののけ屋を見た。

「あら～、もののけ屋じゃないのぅ。んもう。久《ひさ》しぶりぃ。元気だったぁ？」

もののけ屋と同じようなしゃべり方だが、こちらはひどいがらがら声なので、その迫力《はくりょく》、破壊力《はかいりょく》ときたら半端《はんぱ》ない。

庄司《しょうじ》は頭がくらくらした。

なんてこった。また一人、変《へん》なのが出てきてしまったぞ。

「おかげさまで元気にやってるわ。それにしても、お店、またかわいくしたのね。あいかわらず乙女《おとめ》チックにしてるわねぇ」

「だって、かわいいのが好《す》きなんだもん」

うふっと笑《わら》ってみせるだるま親父《おやじ》。と、ここで庄司に気づいた。

「あらま。人間の男の子じゃないの」

「そ。庄司君っていうのよ。あたしの相棒《あいぼう》」

「ち、違《ちが》います！」

「んふふ。照《て》れなくていいのよ」

「照れてなんかない！」

必死《ひっし》で叫《さけ》ぶ庄司に、だるま親父は言った。

「なんか、よくわかんないけど、まあ、いいわ。よろしくね、庄司君。あたしは卵屋《たまご》

STAFF
ONLY

の玉三郎《たまさぶろう》。たまちゃんって呼《よ》んでねぇ」

「は、はい……」

「うふ。か～わいい！　食べちゃいたい！」

「ひっ！」

　こらこらと、もののけ屋が庄司《しょうじ》を後ろにかばった。

「あたしの連《つ》れを怖《こわ》がらせないでよ。それより、頼《たの》んでおいた卵《たまご》は？　全然連絡《ぜんぜんれんらく》なかったけど、どうなってるのかしら？」

「あ、やっぱりそのことで来たのね。……う～ん。しかたない。ちょっとこっちに来てくれる？」

　そう言うと、たまちゃんの大きな頭が扉《とびら》の向こうに引っこんだ。もののけ屋はカウンターを乗り越《こ》えて、その扉をくぐっていった。

　一人残《のこ》された庄司は、これはチャンスだと思った。いまならこっそり逃《に》げ出せるはず。

だが、足音を殺《ころ》して出口のドアに近づいたところで、運悪くもののけ屋が向こうの扉《とびら》から顔を出したのだ。

「庄司《しょうじ》君。ちょっとこっちに来てくれるぅ～？」

甘《あま》ったるく呼《よ》ばれたとたん、またしても庄司の足は勝手に動き出した。

「ひ、ひぃぃぃぃ！」

庄司は無理《むり》やり扉をくぐらされてしまった。

そこにはもう一つ、部屋があった。こちらは、壁《かべ》も天井《てんじょう》も真っ黒に塗《ぬ》られていて、窓《まど》もなく、奇妙《きみょう》な強い匂《にお》いで満《み》ちている。

そして、ここにもたくさんの卵《たまご》があった。

庄司は震《ふる》えだした。

なんだろう。この卵たちは、隣《となり》の部屋にあったものとは違《ちが》う。なんというか、怖《こわ》い感じがする。闇《やみ》の息遣《いきづか》いが聞こえてくるかのようだ。いまにも殻《から》を破《やぶ》って、中にいるものが外に出てきそうな気がする。

心臓《しんぞう》がばくばくしすぎて、痛《いた》くなってきた。

怖《こわ》い！　怖いよ！

思わず涙《なみだ》がこぼれた。

と、大きな手がさっと伸《の》びてきて、庄司《しょうじ》の涙を受け止めたのだ。

「やったわ！　最高級《さいこうきゅう》の涙！　これよこれ！　これが必要《ひつよう》だったのよ〜！」

いつのまにか、たまちゃんとものの け屋が庄司の目の前にいた。

ようやく庄司は、たまちゃんの全身を見ることが出来た。

たまちゃんはとにかく顔が大きかった。体とほぼ同じくらいもありそうで、まるで雪だるまだ。桜吹雪模様《さくらふぶきもよう》の、なんともきれいな着物を着ていて、太い指にはきらきら光る指輪《ゆびわ》をいくつもはめている。もののけ屋に負けないくらい、ど派手《はで》でインパクトのある格好《かっこう》だ。

庄司はびっくりして、怖《こわ》さも吹《ふ》っ飛《と》んでしまった。そんな庄司の前で、もののけ屋がわくわくした様子でたまちゃんに尋《たず》ねた。

「それじゃ、孵化《ふか》させられるのね？」

「ええ。この涙《なみだ》があれば、すぐにね。すごいじゃないの、もののけ屋。こんな子、どこで見つけてきたわけ？　あたしもほしいわねぇ」

「んふふふ。残念《ざんねん》だけど、庄司君《しょうじ》は渡《わた》さないわよ。あたしの相棒《あいぼう》なんだから」

「だから、相棒なんかじゃないです……」

庄司のか細い声は無視《むし》されてしまった。

たまちゃんが動いた。すぐ近くの棚《たな》の前に行き、そこから一つの卵《たまご》をそっとおろした。それは、青黒い渦巻模様《うずまきもよう》の入った、山吹色《やまぶき》の卵だった。とても小さなものだったが、びりびりするような気を放っている。

庄司はもちろん、もののけ屋でさえ息をのんだ。

「……見事だわ。もう孵化する直前じゃないの。さすがはたまちゃん。よくここまで育てたわね」

「まあまあ、おほめの言葉は無事《ぶじ》に孵化してからいただくわ」

そう言って、たまちゃんは手のひらをかたむけ、庄司《しょうじ》の涙《なみだ》を卵《たまご》の上に落としたのだ。

ぽたん。

涙がかかったとたん、卵の様子が一気に変《か》わった。ばちばちと、音を立てて、光り出したのだ。

小さな火花が飛《と》び散《ち》りだし、そのうち中から燃《も》えているかのように真っ赤になった。

そして、ばりんという音と一緒《いっしょ》に、小さな生き物が飛び出してきたのだ。

それはネズミくらいの大きさの、トカゲのような生き物だった。だが、色は赤く、指の先には大きな吸盤《きゅうばん》がついている。そして、頭はなんだか四角く、鍵穴《かぎあな》のような形の口があった。前におばあちゃんの家で見た、錠前《じょうまえ》とかいうのに似ている。長いしっぽの先は、これまた鍵にそっくりだ。

きょときょとしている奇妙《きみょう》な生き物を、もののけ屋はそっと両手ですくいあげた。

「こんにちは。あたしはもののけ屋。覚《おぼ》えているかしら?」

生き物はもののけ屋をじっと見てから、小さくうなずいた。

「よかった。この時代に生きていけるよう、卵屋《たまごや》に頼《たの》んで、少し姿《すがた》を変《か》えさせてもらったのよ。ちょっと戸惑《とまど》ったと思うけど、すぐに慣《な》れるから大丈夫《だいじょうぶ》。さ、あたしの百鬼夜行《ひゃっきやぎょう》にお入りなさいな。そうね。……あなたは秘密《ひみつ》を守るもののけ。だから、新しい名は、秘守《ひもり》。秘守にしましょう」

名をつけられた生き物は、すっとものの羽織《はおり》の中に消えていった。

もののけ屋は一息ついてから、たまちゃんに言った。

「ほんとありがとね、たまちゃん」

「いえいえ、どういたしまして。最後《さいご》の材料《ざいりょう》を調達《ちょうたつ》できなくて、こちらとしてはちょっと情《なさ》けなかったわ。……ね、本気でこのぼうや、あたしにくれない？」

と、たまちゃんは庄司《しょうじ》を見たのだ。

「それはだめだったら」

「え～。それじゃ、また連《つ》れてきてよ。そしたら、いろいろおまけするから」

「うーん。そうねぇ。そのくらいならいいかしらねぇ」

冗談《じょうだん》じゃないと、庄司《しょうじ》はあわてて声をあげた。

「ちょっ！　や、やめてください！　ぼくのこと、勝手に決めないで！」

「でも、悪くない話だしねぇ」

「ぼ、ぼくにとっては最悪《さいあく》です！　だ、だいたい、なんなの、ここ？　なんなんですか、もう！」

パニックを起こしかける庄司に、もののけ屋とたまちゃんが慌《あわ》てて飛《と》びついてきた。

「しぃ！　ちょっと声をおとして」

「そうよ！　庄司君は霊感《れいかん》が強いんだから。君の声で、まだ目覚《めざ》めるべきじゃない卵《たまご》まで目覚めちゃったら、大変《たいへん》よ」

そう言って、二人は庄司の口をふさいだまま、ピンクと白の部屋へと連《つ》れだした。

まだびくびくしている庄司に、もののけ屋はゆっくりと言った。

「ここは卵屋。もののけの卵を調達《ちょうたつ》したり、育てたりする店なの。で、このたまちゃんは卵屋としてはエキスパートなのよ。なんせ、妖精《ようせい》や龍《りゅう》の卵だって扱《あつか》えるくらいなんだから。ま、見た目はこのとおり、かなり変《へん》だけどね」

「あーたにだけは変って言われたくはないわね。まったく。失礼《しつれい》しちゃう」

たまちゃんはふくれた。

「……なんで、ぼくを連《つ》れてきたりしたの？」

「……この前、一つの卵《たまご》をここに預《あず》けたのよ。たまちゃんなら一か月で育ててくれると思ったのに、全然連絡《ぜんぜんれんらく》がないから、心配してね。もしかしたら材料《ざいりょう》が足りないのかなって思ったのよ」

「材料……まさか、ぼくの涙《なみだ》？」

「そのとおり。前々から、人間の子供《こども》の涙が足りないって、たまちゃんが嘆《なげ》いていたのを思い出してね。もしかしたらと思って、庄司君を連れてくることにしたのよ」

うんうんと、たまちゃんもうなずいた。

「霊感《れいかん》の強い人間の子供って、貴重《きちょう》なのよ。昔《むかし》はけっこういたけど、いまはほら、夜でも明るいでしょ？　ずっと明るい中にいると、暗闇《くらやみ》を恐《おそ》れる心、闇の気配を感じる力が弱くなっちゃうから、霊感《れいかん》が育たないのよね」

「ほんと、もったいない話よねぇ」

たまちゃんとものの け屋はため息をついた。

「その点、庄司《しょうじ》君って最高《さいこう》なのよね。怖《こわ》がりってところがまたいいわ。まさにもののけに好《す》かれるタイプだもの」

「ええ。恐怖《きょうふ》や力のこもった涙《なみだ》は、卵《たまご》の中のもののけを目覚《めざ》めさせる、最後《さいご》のひと押《お》しになる。ね、庄司君。今後はあたしともよろしく付《つ》き合ってよ。お願《ねが》いね」

「や、やです！」

「あら、やだと言っても、逃《に》がさないわよ～」

にっと、たまちゃんが笑《わら》った。悪魔《あくま》のような笑い顔を見て、庄司は、情《なさ》けないことだが、ぶっ倒《たお》れてしまった。

はっと気づいた時、庄司は三丁目の商店街《しょうてんがい》の入り口に立っていた。まわりを見ても、もののけ屋の姿《すがた》もたまちゃんの姿もない。

逃《に》げられたんだと、ほっとしたところで、自分がなにかを握《にぎ》りしめていることに気づいた。

右手を開いてみると、そこには卵《たまご》があった。クルミほどの大きさで、色は夕焼け空を切り取ったかのような茜《あかね》色。まるで宝石のようにきれいだったが、庄司《しょうじ》はのけぞった。

この卵の中には、もののけが入っている。感じるのだ。悪い感じはしないけれど、やっぱり怖《こわ》い。

捨《す》ててしまおうと、電柱のかげに卵を置《お》こうとした。その時、今度は左手にくしゃっとした感触《かんしょく》を覚《おぼ》えた。

左手を開いてみると、小さな紙切れがあった。そこにはこんなことが書かれていた。

かわいい庄司君へ。
今日はほんとありがとね。お礼と、お近づきのしるしに、とっておきの卵をあげるわ。御守《おまも》りになるから、大事に持ってるといいわよ。

注意。捨《す》てたら、祟《たた》るわよ～。

たまちゃんより

「ひぇえええぇっ！」

とんでもないものを押《お》し付《つ》けられてしまったと、庄司《しょうじ》は青くなった。

これじゃ捨てるに捨てられない。ああ、ほんとにもう、ぼくってなんて運が悪いんだ。もののけ屋一人だって厄介《やっかい》なのに、今度は卵屋《たまご》、おまけにもののけの卵？　いったい、どうしたらいいんだよ！

泣き出しそうになった時だ。後ろから声をかけられた。

「庄司？　そんなところでなにしてんの？」

振《ふ》り返ると、お母さんがそこにいた。

「お、お母さん……」

ないのね？」

「全然《ぜんぜん》帰ってこないから、心配して見に来たのよ。あらやだ。まだ卵《たまご》、買ってくれて

「ご、ごめんなさい。ちょっと寄《よ》り道《みち》しちゃって……」

「もう！　じゃ、ほら。一緒《いっしょ》に買いに行きましょ。で、急いで帰らなきゃ。夕飯《ゆうはん》の支《し》度《たく》が間に合わないわ」

お母さんは商店街《しょうてんがい》にずんずん入っていった。そのあとをついていきながら、庄司《しょうじ》は卵をそっとポケットに入れた。

捨《す》てたいけれど、たまちゃんに祟《たた》られるのはまっぴらだ。それに、御守《おまも》りになるという言葉を信《しん》じたい。

そしてもう一つ、心に決めた。

もう金輪際《こんりんざい》、どんなことがあっても、二丁目の卵屋には絶対《ぜったい》に近づかないぞ。

妖刃《ようじん》

「あ～、憂鬱《ゆううつ》だなぁ！」

友達《ともだち》の陽菜《ひな》が大声でぼやくものだから、朋子《ともこ》はくすくす笑《わら》った。

「またそんなこと言って。しょうがないじゃん」

「あっ！　笑ったな！　ひどい！　あたしがこんなに悩《なや》んでるっていうのに！　だいたいさ、なんで調理実習なんかあるかなぁ。はぁ。やりたくない～。やだやだぁ」

だだっこのようにわめく陽菜。かわいそうにと、朋子は思った。

陽菜はいい子だが、とてもぶきっちょなところがある。はさみやカッターをうまく使えた試《ため》しがないのだ。いつも、指を切ったりしてしまう。

なのに、明日の調理実習ではリンゴの皮むきをやることになっている。そのことで陽菜は悩んでいるというわけだ。

「包丁《ほうちょう》を持つって、考えるだけで、ぶるぶるしちゃう。ねえ、朋子。どうしたらいいかなぁ？」

「うーん。その時間だけずる休みして、保健室《ほけんしつ》に逃《に》げるとかはどう？」

「だめ。それ、この前のカレー作りの時に使っちゃったから」

「それじゃ、学校を休んじゃうとか」

「それも無理《むり》。うちのママ、仮病《けびょう》を見破《みやぶ》る名人なんだもん」

「じゃあ……今日一日、家で皮むきの特訓《とっくん》をするとか？」

「うう～。それもやりたくない～」

がんばれと、朋子《ともこ》は陽菜《ひな》をはげました。

「明日さ、できるだけ手伝《てつだ》ってあげるから。とにかく陽菜は、自分の指を切らないよう、気をつければいいよ」

「……うん。わかった」

しょぼんとした顔のまま、陽菜は帰っていった。

大丈夫《だいじょうぶ》かなと、朋子は本気で心配になった。明日使うのは、大きな包丁《ほうちょう》だ。はさみやカッターとはわけが違《ちが》う。大怪我《おおけが》をする陽菜の姿《すがた》が浮《う》かんで、朋子はひやりとした。

（どうかどうか、明日陽菜が怪我しませんように）

ところがだ。

翌日《よくじつ》、陽菜《ひな》はやたら明るい表情《ひょうじょう》で登校してきた。

「おっはよー、朋子《ともこ》！」

「おはよう……陽菜、機嫌《きげん》がよさそうだね。どうしたの？」

「ん？　ふふふ。ちょっといいことがあってさ。それより、昨日《きのう》は心配かけちゃって
ごめんね。今日の皮むき、もう大丈夫《だいじょうぶ》だから」

「大丈夫って、特訓《とっくん》したの？　うまくなったの？」

「うん。ま、そんなとこ」

陽菜が笑《わら》っていたので、朋子もほっとした。なんだかわからないが、自信《じしん》があるよ
うだ。とにかくよかった。

そして、調理実習の時間が来た。みんなに、一つずつリンゴが渡《わた》された。そして、
大きな包丁《ほうちょう》も。

朋子は陽菜のことを気にしながらも、自分のリンゴをむきはじめた。お母さんのよ

うに、しゅるしゅると、うまくはできない。でも、あせらずにゆっくりやっていこう。

と、「おおおっ！」と、声があがった。

振《ふ》り返ると、なんと、陽菜《ひな》がリンゴをむき終わっていた。しかも、つるりと、完璧《かんぺき》にむいてあって、皮は一回も切れておらず、長い蛇《へび》のようにまな板の上にある。

「すごいですね、木下さん。がんばりましたね」

先生にもほめられて、陽菜は得意《とくい》げな顔をしている。

でも、朋子《ともこ》はおかしいと思った。昨日《きのう》まであんなに包丁《ほうちょう》を持つのを怖《こわ》がっていたのに。いくら特訓《とっくん》したって、あんなふうに上手になるはずがない。なにかずるをしたに違《ちが》いない。

なんだかむかむかした。さっきまであんなに陽菜のことを心配していた自分が、バカみたいに思えてくる。

だから、授業《じゅぎょう》が終わった後、朋子は陽菜に詰《つ》め寄《よ》った。

「いったい、どういうこと？　なんで、あんなに上手になったの？」

WARUI
HIYOKO

「なんでって、特訓《とっくん》したからよ」

「うそ！　絶対《ぜったい》うそ！　一日であんなにうまくなるはずない！　だいたい、特訓したくないって、言ってたじゃないの！」

朋子《ともこ》の声はどんどんきつくなっていく。陽菜《ひな》はうるさそうに顔をしかめた。

「しつこいなぁ。上手に皮むきできたんだから、それでいいじゃん」

「よくない！　こっちはすごく心配してたんだよ？」

「へぇぇ。あたし、別《べつ》に心配してくれなんて、頼《たの》んでないんですけどぉ」

「なによ、それ！」

「だいたい、あたしにだって、言いたくないことはあるの。友達《ともだち》だからって、なんでもかんでもあんたに話さなきゃいけないなんて、決まってないでしょ？　もう放っておいてよ。うるさいんだから、もう」

生意気な言葉に、朋子はかっとなった。

こんなやつこんなやつ！

思わず、朋子《ともこ》は陽菜《ひな》を両手でつきとばしてしまった。

「いたっ！　な、なにすんのよ！」

陽菜は目をとがらせ、やり返してきた。

いつのまにか、二人は激《はげ》しいつかみあいを始めていた。

べちっ！

朋子の手が陽菜の顔に当たった。陽菜の口がゆがんだ。

「このっ！」

陽菜が大きく腕《うで》をふるった。その瞬間《しゅんかん》、しゅっと、妙《みょう》な音がした。

同時に、朋子はかすかな痛《いた》みを腕に感じた。かすかだが、鋭《するど》い痛みだ。

見れば、着ているセーターの袖《そで》が、だらりと垂《た》れていた。ひじに近いところがざっくりと切れてしまっているのだ。そして、あらわとなった腕には、細い赤ペンで書いたような線が一本、走っていた。それがぴりぴりと痛むのだ。

朋子は青ざめた。

線なんかじゃない。これは傷《きず》だ。怪我《けが》したんだ。でも、なぜ？　どうして？

陽菜《ひな》を見ると、こちらは朋子《ともこ》よりも青い顔をしていた。

「ひ、陽菜……？」

「うっ、うう、ご、ご、めん、朋子」

「まさか、これ……陽菜が、やったの？」

「……」

くるりと、陽菜は身をひるがえし、教室を飛《と》び出していってしまった。そして、そのまま戻《もど》ってこなかった。

木下さんは気分が悪くて、早退《そうたい》しました。

先生からそう聞かされても、朋子は納得《なっとく》できなかった。

セーターの袖《そで》は、まるではさみで切ったみたいに、すっぱりと切れている。腕《うで》の傷も、刃物《はもの》でやられたかのようだ。でも、陽菜はなにも持っていなかった。なのに、なんでこんなふうになってしまったんだろう？　陽菜の様子もすごくおかしかったし。

ケンカしたとはいえ、やっぱり心配だ。

確《たし》かめるために、朋子《ともこ》は学校が終わると、すぐに陽菜《ひな》の家に向かった。

インターフォンを何度鳴らしても、応《こた》えはなかった。誰《だれ》もいないのかと思ったけれど、裏手《うらて》のほうから音がする。陽菜の声もかすかに聞こえる。

思いきって、朋子は庭を通って、裏に回ってみた。そこの勝手口が開いていたので、「おじゃまします」と上がった。そして、陽菜の部屋のドアを開けたのだ。

「陽菜？　いるの？　……ひっ！」

朋子は言葉に詰《つ》まってしまった。

部屋の中はひどいありさまだった。新聞紙や本、服、ぬいぐるみ、ふとん、ありとあらゆるものが、小さくずたずたに切り刻《きざ》まれて、山のようになっている。

その中に埋《う》もれるようにして、陽菜がうずくまっていた。なにかを必死《ひっし》で耐《た》えているように、目をつぶり、両手をにぎりしめている。

「陽菜？　大丈夫《だいじょうぶ》？」

朋子《ともこ》を見るなり、陽菜《ひな》は苦しそうな、でも嬉《うれ》しそうな顔をした。目がぎらぎらと光りだすのを見て、朋子はぞっとなった。

いまの陽菜はものすごく怖《こわ》い。あたしの知ってる陽菜じゃないみたい。

「……来て、くれたんだ、朋子」

「ひ、陽菜……ど、どうしちゃったの？」

「……約束《やくそく》をやぶっちゃったの」

陽菜は泣《な》きそうな声でささやいた。

「約束？　誰《だれ》との？」

「もののけ屋。あ、あたしに、力を貸《か》してくれた人」

陽菜は鼻をすすりあげた。

「包丁《ほうちょう》をうまく使えるようになるからって、ち、力を貸してくれたの。その時、言われた。この力を料理以外では絶対《ぜったい》に使っちゃいけないって。だ、誰かを傷《きず》つけたいって、少しでも思ったりしたら、の、呪《のろ》われるって。でも、あたし、怒《おこ》っちゃって……

朋子《ともこ》をやっつけたいって思っちゃった……。と、朋子の血を見たら、すごく変《へん》な気分になって……もっと、もっと血がほしくなっちゃった。朋子の、血……」

おなかを空《す》かせた獣《けもの》のような目で、陽菜《ひな》は朋子を見つめてきた。

「しっかりして、陽菜！」

「……切りたい。切りたくてたまらない。他のものじゃだめなの。切らせてよ、朋子。……ごめん。ほんとはやりたくないのに、と、止められないの！」

「い、いや！　やめて！」

逃《に》げようとする朋子に、陽菜が泣《な》きながら飛《と》びかかってきた。その爪《つめ》は、刃物《はもの》のように銀色に光っていた。

しゅっと、恐《おそ》ろしい音がして、朋子のすぐ後ろの壁《かべ》が切れた。

ずばっと、今度は横に置《お》いてあるベッドが真っ二つとなる。

「逃げて！　逃げてよぅ！」

陽菜は泣きわめいていた。朋子に攻撃《こうげき》を当てないように、必死《ひっし》でがんばっているようだ。

泣《な》きじゃくりながら、朋子《ともこ》は陽菜《ひな》の部屋から飛《と》び出した。そのまま玄関《げんかん》へと逃《に》げたところで、追いつかれてしまった。

「いやあああっ！」

「やだやだやだぁぁぁ！」

二人の悲鳴が重なった時だ。

「錆丸《さびまる》ちゃん」

柔《やわ》らかな男の声がして、びきんと、鈍《るど》い音が響《ひび》き渡《わた》った。

はっと顔をあげてみれば、背《せ》の高い男がそこにいた。クジャクのように派手《はで》な着物を着た、ぼうず頭の男だ。おしゃれで、でもどこか危険《きけん》な雰囲気《ふんいき》も漂《ただよ》わせている。

男は朋子をかばうように立ち、右手で陽菜の攻撃《こうげき》を受け止めていた。陽菜の手はぶるぶると震《ふる》えていた。と、銀色だった爪《つめ》がみるみる茶色く、ぼろぼろになってきたではないか。

ごめんなさいねと、すまなさそうに男がつぶやいた。

「あたしもね、こんなことはしたくないのよ。でもね、これ以上《いじょう》血を吸《す》わせるわけにはいかないの。それだと、また同じことの繰《く》り返しになってしまうもの。さ、いい子だから、戻《もど》ってらっしゃい。……ね、妖刃《ようじん》ちゃん」

その瞬間《しゅんかん》、朋子《ともこ》は奇妙《きみょう》なものを見た。陽菜《ひな》の手から、すうっと、透《す》き通ったものが抜《ぬ》け出てきたのだ。

それは蛇《へび》に似《に》ていた。長くて細く、しなやかだ。だが、恐《おそ》ろしく薄《うす》く、体の下側《がわ》が刃《やいば》となっている。長い長い刀が、そのまま蛇に変化したかのようだ。だが、全体に赤茶色のしみができていて、ところどころ、ぼろりと欠《か》けている。

弱っている。

朋子はなぜかそう思った。

蛇のようなものは、少し空中をうごめいたあと、あきらめたように男の手のひらに乗った。男は大切そうに手を閉《と》じ、そっと懐《ふところ》に入れた。

「そうそう、いい子ね。さびのことなら大丈夫《だいじょうぶ》よ。またたまちゃんに預《あず》けて、育て直してもらうからね。……ああ、まったく。まさか、こんなに早く契約《けいやく》が破《やぶ》られるなんて、さすがのあたしも思わなかったわ」

そう言って、男はぼうぜんとしている陽菜《ひな》を軽く睨《にら》んだ。

「あれほど、調理以外で使っちゃだめって、言ったじゃないの。どうして破ったりしたのよ、もう」

陽菜が答えられそうになかったので、かわりに朋子《ともこ》が口を開いた。

「あの、陽菜のせいじゃないいん、です」

「ん？　そうなの？」

「は、はい。あたしと、け、ケンカしちゃって……」

朋子が陽菜とのことを打ち明けると、もののけ屋は深いため息をついた。

「そういうことだったの。そうよね。女の子だって、ケンカもするものね。女の子なら大丈夫《だいじょうぶ》かなと思うなんて、あたしもどうかしてた。ええ、これはあたしの失敗《しっぱい》だわ」

「あの……」

「ん？　ああ、失礼《しつれい》。あたしはもののけ屋。あなたのお友達《ともだち》に、妖刃《ようじん》ちゃんを貸《か》したものよ」

さっきの蛇《へび》みたいな生き物のことを言ってるんだと、朋子《ともこ》は悟《さと》った。

「妖刃ちゃんはね、もともとは日本刀だったの。何度も何度も戦いに使われて、人を斬《き》っているうちに、もののけに変化したのよ。いわゆる、妖刀《ようとう》ってやつね。でも、人間の血を吸《す》わずにはいられない凶暴《きょうぼう》な刀なんて、いまの時代、必要とされないでしょ？　だから、生まれ変わらせたのよ。妖刃という新たなもののけの姿《すがた》にね」

そして、刃物《はもの》の使い方が下手な陽菜《ひな》に、貸し出したのだという。

「でも、刀だったころの記憶《きおく》は完全には消えないから。やっぱり血を吸うと、暴走《ぼうそう》しちゃうのよね。錆丸《さびまる》ちゃんを使って、さびさせなかったら、あなた、いま頃《ごろ》真っ二つだったかも」

「うっ……」

「ラッキーだったわね、ほんと。ま、これからはケンカなんて、やめとくことね。それじゃ、あたしはこれで。……うーん。この妖刃《ようじん》ちゃんの姿《すがた》を見せたら、たまちゃんに怒《おこ》られそう。ああ、行くのは気がすすまないわねぇ」

ぶつくさと文句《もんく》をつぶやきながら、もののけ屋は出ていった。

朋子《ともこ》と陽菜《ひな》は顔を見合わせた。とたん、ぶわっと、涙《なみだ》があふれた。

「ご、ごめん！　ほんとごめん！」

「う、ううん。こっちこそ、しつこく聞いてごめんね」

「と、朋子を切っちゃいそうで、すごく、すごく怖《こわ》かったよぉ！」

「うんうん。そ、そうならないで、よかった！」

しっかりと手と手をにぎりあい、二人はわんわんと泣《な》いた。涙と一緒《いっしょ》に、いろいろな想いが溶《と》けていくような気がした。

怖かった。つらかった。でも、よかった。こうして仲直《なかなお》りできたのだから。

匠鬼《たくみおに》

颯太《そうた》はじっとカレンダーを睨《にら》みつけていた。何度見直しても、カレンダーの数字は変《か》わらない。

今日は夏休み最後《さいご》の日だ。

「どうしよう……」

夏休みの宿題はほとんど終わらせた。でも、たった一つだけ、自由課題《かだい》をすっかり忘《わす》れていたのだ。

自由課題はなにをしてもいい。たとえば、押《お》し花《ばな》や虫の標本《ひょうほん》を作ったり、キュウリの観察《かんさつ》日記をつけたり、大きな工作をしたりとか。

出さなくてもいいのだが、たいていの子は提出《ていしゅつ》する。みんなに「よくできたね!」と言ってもらいたいし、先生からほめられたいからだ。

そして、そういうものを作るには、やっぱりそれなりの時間がいる。その時間が、颯太にはもうないのだ。

「まずいなぁ。なんで忘れてたんだろ……」

じつは忘《わす》れていたわけでもない。ちらちらと、「そろそろ自由課題《かだい》をやろうかな」と思う時はあった。でも、そのたびに「もう少しあとでも間に合うさ」と、先延《さきの》ばしにしてしまったのだ。

で、結局《けっきょく》夏休みの最後《さいご》の日になってしまった。もう自由課題は出せるわけがない。あきらめるしかない。

でも、颯太《そうた》はうじうじとしていた。というのも、先生が夏休みの前にこんなことを言ったからだ。

「自由課題ですごいのを作ってきた子には、特別《とくべつ》に、先生がいいものをあげるよ。ごほうびだ」

ごほうびと聞いて、クラス中がはりきった。颯太の友達《ともだち》の光《ひかる》など、「ぜってぇ一番になって、ごほうびもらう！」と、鼻息も荒《あら》く言っていた。

光はなにを作ったんだろう？

そんな場合ではないというのに、颯太は他の子の作品のことを考えてしまった。

去年は、手先の器用《きよう》な友彦《ともひこ》が、お手製《てせい》のランプを提出《ていしゅつ》していた。粘土《ねんど》で作ったカバーには、ビー玉やおはじきがびっしりと埋《う》めこんであって、電球をつけると、きれいな光がもれるというものだ。きれいだし、すごくよかった。

それに、千奈美《ちなみ》が貝殻《かいがら》とガラス玉でネックレスを作っていた。あれもセンスがよくて、みんなにほめられていたっけ。

なにか、ああいうものを作らなければ、一番にはなれない。けど、どんなものを作ればいいかわからないし、なにより時間がない。ああ、どうしたらいいんだ！

頭をかかえた時だ。ふいに、誰《だれ》かに呼《よ》ばれた気がした。

窓《まど》から外を見ると、家の前に誰かいた。背《せ》の高い、着物を着た男だ。ぼうず頭だけれど、やたらおしゃれな感じがするから、絶対《ぜったい》にお坊《ぼう》さんじゃない。

なんであんな男が、ぼくんちの前にいるんだ？　怪《あや》しいし、なんだかちょっと怖《こわ》い。

ママに知らせようかと、颯太《そうた》は立ち上がりかけた。

と、男がまっすぐこちらを見た。その大きな目で見られたとたん、颯太はがっちりと捕《と》らえられた気がした。

動けずにいると、男がにこりと笑《わら》い、手招《てまね》きをしてきた。

行っちゃいけない。絶対《ぜったい》に行くもんか。

そう思ったのに……。

気づけば、颯太《そうた》は家の外にいた。すぐ目の前には、あの男が立っていた。

近くで見ると、ますます怪《あや》しかった。目には強烈《きょうれつ》な光があるし、笑《え》みを浮《う》かべた口元がなんだか怖《こわ》い。気を抜《ぬ》いたら、ぺろりと食べられてしまいそうだ。

びくびくしている颯太に、男は身をかがめて話しかけてきた。

「ずいぶん困《こま》っているようね。時間もないし、技《わざ》もない。そんな颯太君には、〝手〟を貸《か》してあげましょうか？　あなたのかわりに、なんでも作ってくれる〝手〟を」

男の声は甘《あま》くて柔《やわ》らかくて、いつのまにか颯太は熱心《ねっしん》に聞き入っていた。

なんだろう。なんだか、すごく魅力的《みりょくてき》なことを言われている気がする。これは断《ことわ》らないほうがいいに決まっている。

よく考えもせずに、颯太《そうた》はうなずいてしまった。すると、男は「握手《あくしゅ》しましょう」と言ってきた。

颯太が手を出すと、びっくりするほど大きな手が包《つつ》みこんできた。と、小さな痛《いた》みが走った。手のひらに、なにか熱《あつ》いものを押《お》し付《つ》けられたかのようだ。

慌《あわ》てて手をひっこめる颯太に、男が笑《わら》った。

「はい。匠鬼《たくみおに》ちゃんの貸《か》し出し終了《しゅうりょう》。これですごいものを作ってもらうといいわ。ただね、匠鬼ちゃんの仕事をバカにするようなことだけはやめてあげてね。この子は職《しょく》人気質《にんかたぎ》だから」

男はくるりと背《せ》を向けて、立ち去った。

颯太は自分の手を見た。一瞬《いっしゅん》だが、奇妙《きみょう》な花みたいなものが見え、そして消えた。

「な、なんだったんだろ、いまの?」

わけがわからないまま、颯太は家に入った。変《へん》な男のせいで、少ない時間が余計《よけい》に少なくなってしまった。急いで、自由課題《かだい》のことを考えないと。

使えそうな材料《ざいりょう》は、粘土《ねんど》がひとかたまり、ママからもらった段《だん》ボールやいらない新聞紙、牛乳《ぎゅうにゅう》パックの束《たば》くらいしかない。見ているだけで、しょぼくて、なんのアイディアも浮《う》かばない。

なにかできないかな。みんなに感心され、先生にごほうびをもらえるようなもの。なにかこう、びっくりされるようなものができたらいいのに。

そんなことを考えて、うんうん唸《うな》った時だ。

「うけたまわった」

低い声が聞こえた。

奇妙《きみょう》な声だった。何人もが同時に声を出したかのような重みと響《ひび》きがある。

颯太《そうた》はぎょっとして、あちこちを見回したが、誰《だれ》もいなかった。気のせいだったんだと、思うことにした。

結局《けっきょく》、なにも作れないまま、夜になってしまった。ため息をつきながら、颯太はふとんに入った。

ああ、明日なんか来なけりゃいいのに。
そんなことを思いながら、眠《ねむ》りについた。

翌朝《よくあさ》、起きてみると、見覚《みおぼ》えのない大きな箱が、ふとんの横に置《お》いてあった。ふたを開けて、颯太《そうた》は息をのんだ。

箱の中には、小さな動物園が広がっていた。段《だん》ボールでできた囲《かこ》いの中に、粘土《ねんど》で作られたミニチュアの動物たちが入っている。ライオン、ゾウ、キリン、ワシ、フラミンゴ、オウム、ヤギ、鹿《しか》、白クマ、オットセイ、ペンギン。どれもこれも、ピーナッツくらいの大きさしかないのに、すごくよくできている。

「すごい！　まじですごすぎ！」

興奮《こうふん》のあまり、ぴょんぴょんと跳《は》ねまわってしまった。そのあとで、はっとした。

これ、誰《だれ》からのプレゼントだろう？　たぶん手作りだと思うけど、うちのパパやママに、こんな細かなものが作れるわけがない。では、いったい……。

よく見ると、部屋の中はけっこう散《ち》らかっていた。あちこちに紙くずが散《ち》らばっているし、切り取られた段《だん》ボールなどが床《ゆか》の上に落ちている。まるで、いまのいままで、誰《だれ》かが作業をしていましたと、言わんばかりだ。

またまた颯太《そうた》ははっとした。

「もしかして……ぼくが作った？　これを？」

そんなはずがなかった。でも、部屋の中の様子を見ると、そうとしか思えない。

いやいや、やっぱりぼくじゃない。ぼくが眠《ねむ》っている間に、誰かがこれを作ってくれたんだ。たぶん、あれだ。もののけ屋と名乗った男が貸《か》してくれたもののけ、匠鬼《たくみおに》がやってくれたに違《ちが》いない。

納得《なっとく》がいくと同時に、嬉《うれ》しくなった。

匠鬼がこの動物園を作ってくれたということは、自由課題《かだい》として出せってことだ。

これなら、絶対《ぜったい》に一番になれる。先生のごほうびはぼくのものだ。

箱を大事に持って、颯太は学校に向かった。

案《あん》の定《じょう》、颯太《そうた》の動物園は大人気となった。みんな、先を争《あらそ》って箱をのぞきこみ、その出来栄《できば》えに感心した。あまりにも評判《ひょうばん》がいいものだから、二年生だけでなく、他の学年の子たちも見に来たほどだ。

すごいやつだとほめられて、颯太は鼻高々だった。もちろん、先生からもおおいにほめられた。

「いやあ、ほんとにすばらしいよ。まずアイディアがいい。小さな箱の中に小さな動物園。ここには世界が詰《つ》まっている。それにこの動物たち。こんな小さいのに、どれもすごく生き生きしてて、動き出しそうだ。すごいなぁ、山中君。文句無《もんくな》しで、君が一番すごいのを作ってきたね。約束《やくそく》どおり、ごほうびをあげよう」

お菓子《かし》のいっぱい詰まった袋《ふくろ》を渡《わた》され、颯太はますます得意《とくい》になった。他の子たちがうらやましそうな顔をしているのが、またたまらなくいい気分だ。

ところがだ。昼休み、颯太はクラスの男の子たちに取り囲まれてしまった。その中には、友達の光《ひかる》もいた。怖《こわ》い顔で睨《にら》まれて、颯太はたじたじした。

「な、なんだよ、みんなして」

「……おまえさ、ずるしただろ？」

「ずる？」

「あれ、おまえが作ったんじゃないよな？」

「だって、そうだろ？　颯太《そうた》って、めっちゃ不器用《ぶきよう》じゃん！」

「そうだそうだ。颯太なんかに、あんなの作れっこない！」

「ずるして、ごほうびもらって、恥《は》ずかしくないのかよ！」

光《ひかる》にまで責《せ》められるように言われ、颯太はかっとなった。

「違《ちが》うってば！　だいたい、なんでそんなこと言うんだよ！」

「俺《おれ》、知ってるんだ。夏休みの宿題をかわりにやってくれる商売があるんだって。おまえも、そういうとこに頼《たの》んで、あの動物園を作ってもらったんだろ！」

「違うよ！　あれはちゃんと、ぼくが自分で作ったんだ！」

「へぇ、そうなんだ。それじゃ、明日、同じようなの、作ってこられるのかよ？」

「ああ、できるよ。あんな動物園よりもっとすごいやつを作ってきてやるから！」

きっぱりと宣言《せんげん》したあと、颯太《そうた》は光《ひかる》を睨《にら》みつけた。光はバツが悪そうに顔をそむけたけれど、颯太は怒《いか》りがおさまらなかった。

おまえなんか、もう友達《ともだち》じゃない！　見てろよ！　匠鬼《たくみおに》に頼《たの》んで、これ以上《いじょう》ないってくらいすばらしいものを作ってもらうから。そしたら、はいつくばって、ぼくに謝《あやま》ってもらうからな！

学校が終わり、家に帰ると、颯太はすぐに自分の右手を見つめた。たぶん、匠鬼はここに宿っているはずだ。だから、呼《よ》びかけた。

「お願《ねが》いだよ。明日までに、また作品を作って。光たちをびっくりさせられるようなものがいいんだ。あんな動物園なんか目じゃないやつ。頼《たの》むよ。作ってよ」

一生懸命《いっしょうけんめい》お願いしていると、小さな返事があった。

「急ぎの仕事……材料《ざいりょう》がいる。……材料、出すか？　出すか？」

何人もの人間が同時にしゃべっているような、奇妙《きみょう》な響《ひび》きの声。

匠鬼《たくみおに》の声だ。

応《こた》えてくれたと、颯太《そうた》は嬉《うれ》しくなった。よく考えもせずにうなずいた。

「いいよ。材料《ざいりょう》なんか、いくらでも出してあげるよ。だから、お願《ねが》い！　頼《たの》んだ！」

「……うけたまわった」

そして……。

翌日《よくじつ》、颯太の姿《すがた》は消えていた。

かわりに、部屋には革張《かわば》りの箱があった。ふたを開けると、そこにはミニチュアの森の風景《ふうけい》が作られており、一人の男の子の人形が立っている。箱の横についているねじを回すと、音楽が始まり、人形が動き出す。からくりじかけとなっているのだ。

どこか不気味《ぶきみ》な音楽とともに、森の中をぐるぐると逃《に》げ回る男の子。その顔は、颯太にそっくりだった……。

大きな手があった。不思議《ふしぎ》な手だ。五本の指先がまた手の形をしており、それぞれトンカチやノミなどの道具を握《にぎ》っている。大きく指を広げてゆらゆらとしている様子は、まるで花のようにもイソギンチャクのようにも見えた。

そして、その手の前にはもののけ屋がいた。

もののけ屋はぷんぷんに腹《はら》を立てていた。いま、戻《もど》ってきた匠鬼《たくみおに》から、事情《じじょう》を聞いたところなのだ。

「まったく！　失礼《しつれい》ったらないわね。あんな動物園なんか、ですって？　匠鬼ちゃんが心をこめて作った作品に、よくもまあ、そんなことが言えたものね。いえ、匠鬼ちゃんが怒《おこ》るのも無理ないわ。やりすぎたなんて、思うことない。あの子が受けたのは当《とう》然《ぜん》の報《むく》いよ」

気にすることないわと言いながら、もののけ屋は匠鬼を羽織《はおり》の中に戻《もど》した。それでもまだ顔はふくれていた。

「作ってもらう側《がわ》って、作るほうの気持ちや苦労がわからない人が多いのよね。もらえるものはなんだってもらおうって、簡単《かんたん》に思うんだから。で、それが思いどおりじゃないと、すぐにわめきたてる。図々《ずうずう》しいったらないわぁ。ああ、ほんとやな感じ。気分直しに、三丁目のお茶屋でタイ焼《や》きでも買っていこうかしら。人魂《ひとだま》入りの、ちょっとお高いやつでも食べないことには、気がおさまらないわ」

そう言いながら、もののけ屋は立ち去ったのだ。薄暗《うすぐら》い影《かげ》の中へと……。

ねえねえ、聞いた？

なにって、もののけ屋のことだってば。

あれからちょっと調べてみたんだけどさ、もののけ屋にもののけを借《か》りた子って、けっこういるみたいなんだよね。でも、やっぱりうまく使いこなせなくて、ひどい目にあった子が多いみたい。ほんとかどうか知らないけど、行方不明《ゆくえふめい》になってる子もいるらしいよ。

バカだよねぇ。そういう変《へん》なのに引っかかるから悪いんだよ。その子たちの自業自得《じごうじとく》って感じ。

……でもさ、あたしなら……。

きっとうまくやれるんじゃないかって、思うんだよね。

もののけ手帖

影法師

「あの子みたいになりたい!」という憧れをかなえてくれる、がんばり屋の妖怪。ただし、憧れの人は1人だけにしておいたほうが…。

隠し蓑

友だちや親、先生にバレたくない失敗やいたずらをきれいさっぱり隠してくれる。よく天狗の「隠れ蓑」と間違われるが別のもの。

遊児

お人形のようにかわいらしく、みんなの注目の的なのに、かなりのさびしがりや。いつも"本当の友だち"を欲しがっている。

なぞの卵

"二丁目の卵屋"でたまちゃんが育てているもののけの卵。なにが出てくるかはお楽しみ。ふかさせるには、あるものが必要。

妖刃

乱世を生き抜き妖気を帯びた古い刀を進化させた妖怪。もののけ屋も予想がつかないほどの危険物で、取り扱いには要注意。

匠鬼

宿題の自由工作はお任せ! あなたが眠っている間に、器用な手先で神ワザ(妖怪ワザ)的な作品を仕上げてくれる工作職人。

作 **廣《ひろ》嶋《しま》玲《れい》子《こ》**

神奈川県生まれ。『水妖の森』でジュニア冒険小説大賞受賞。主な作品に『送り人の娘』『ゆうれい猫ふくこさん』ほか「はんぴらり」シリーズ、「ふしぎ駄菓子屋銭天堂」シリーズなどがある。

絵 **東《とう》京《きょう》モノノケ**

静岡県静岡市を拠点に活動する、日本の古いものと妖怪が大好きなイラストレーター。

もののけ屋《や》［図書館版］ 二丁目《ちょうめ》の卵《たまご》屋《や》にご用心《ようじん》

2018年2月20日　第1刷発行
2021年4月 5 日　第2刷発行

作者　廣嶋玲子
画家　東京モノノケ
装丁　城所 潤(ジュン・キドコロ・デザイン)
発行者　中村宏平
発行所　株式会社ほるぷ出版
〒102-0073 東京都千代田区九段北1-15-15
電話 03-6261-6691
https://www.holp-pub.co.jp
印刷・製本　中央精版印刷株式会社

ISBN 978-4-593-53533-0

この本は2016年9月に静山社より刊行されたものの図書館版です。

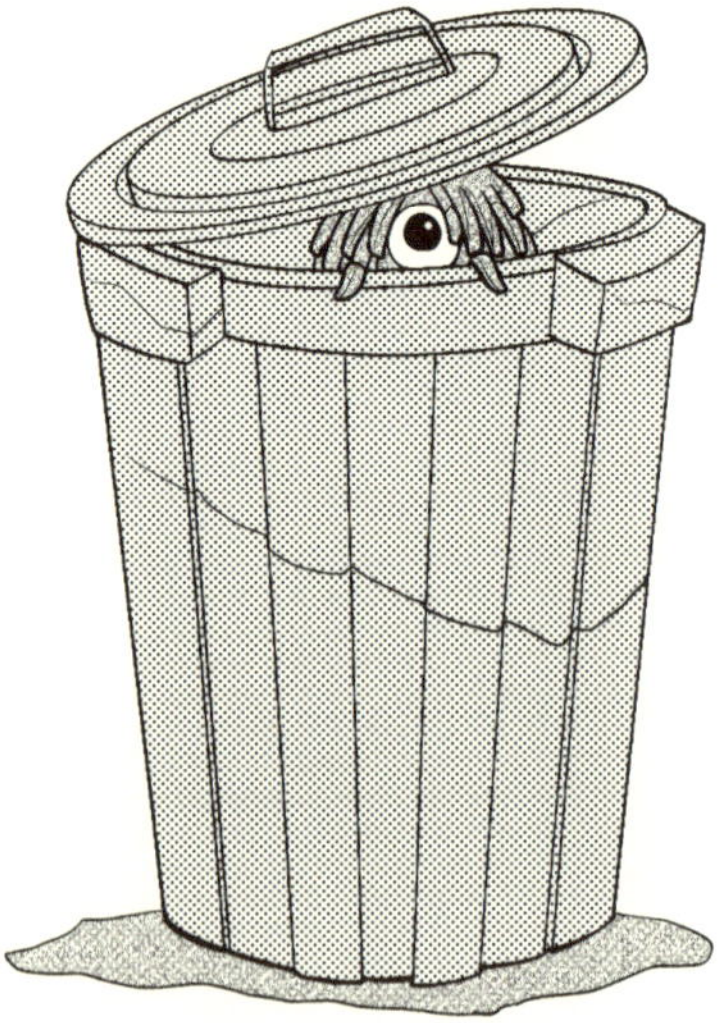